Andrea Schütze

Gilla Gauklerkind

2. Auflage 2023

Originalausgabe

© A. Schütze 2022, EDITION SCHÜTZE

Alle Rechte vorbehalten.

Das Werk, einschließlich seiner Teile, ist urheberrechtlich geschützt und darf nur mit Genehmigung der Autorin wiedergegeben werden.

Druck und Distribution im Auftrag : tredition GmbH, An der Strusbek 10, 22926 Ahrensburg, Germany

ISBN 978-3-347-89454-9

Cover: Ronja Forleo

Vignetten: canva.com

Die Arbeit an diesem Werk wurde gefördert durch ein Stipendium des Ministeriums für Wissenschaft, Forschung und Kunst, Baden-Württemberg.

www.andrea-schuetze.de

Gilla Gauklerkind

Für Lilly.
Ich werde nie vergessen,
wie du es im Baumhaus gelesen hast -
immer gleich nach der Schule,
sobald ein neues Kapitel fertig war …

Vor ungefähr dreihundert Jahren

In einer tiefdunklen, sternenlosen Nacht tobt ein Sturm.

Es ist einer jener Stürme, die uns frösteln lassen.

Regen peitscht in Böen gegen die Mauern eines Schlosses. Blätter und Zweige wirbeln umher. Zornig fegt der Wind durch die Kronen der mächtigen Bäume im Park. Die Äste heben und senken sich ächzend im Brausen und Toben des Unwetters. Plötzlich entlädt sich ein gewaltiger Blitz und zerschneidet zischend die Finsternis.

Für den Bruchteil einer Sekunde ist es taghell. Das Kopfsteinpflaster des Hofes glänzt vor Nässe. Ist diese schwarze Gestalt, die dort am Tor kauert, ein Mensch oder nur ein Schatten?

Etwas entfernt sitzt eine Krähe und starrt regungslos in seine Richtung.

Beobachtet, wartet ab.

Schwarz und ölig glänzt ihr Gefieder im spärlichen Mondlicht. Unmittelbar nach dem Blitz grollt der Donner heran. Sein ohrenbetäubender Knall lässt die Fensterscheiben vibrieren.

Da nickt die Krähe ein paar Mal mit dem Kopf, als hätte sie einen Entschluss gefasst.

Dann fliegt der Vogel auf und verschwindet in der stürmischen Schwärze.

Kapitel 1
Der geheime Weiher

Ich stand bis zur Brust im Wasser.

„Gilla! Gilllaaa!", schallte es von weit her durch den Wald.

Es war die Stimme von Madame LaBouff, ganz eindeutig. Ich gebe zu, sie war sehr gut zu hören. Aber nur über Wasser! Schnell ließ ich mich unter die glatte Oberfläche des kleinen Teiches gleiten. Sobald ich untergetaucht war, umgab mich Stille.

„Gillilillila, Gillilillila", lockten die winzigen Seemuhren, hauchzarte Wasserwesen mit blubbernden Stimmchen. Kichernd zupften sie an meinen Haaren.

Sie wollten spielen, aber ich hatte heute keine Lust. Ich zählte, wie lange es mir gelang, die Luft anzuhalten. Als ich bei dreunddreißig war, tauchte ich langsam wieder auf. Bloß kein Geräusch machen ... Der Weiher war mein Geheimnis des Tages. Ich hatte ihn heute bei meinem frühmorgendlichen Streifzug entdeckt. Für ein paar Stunden gehörte er jetzt mir allein.

Ich watete noch tiefer hinein und formte meine Hände zu einer Schaufel, um die Seerosen aus dem Weg zu schieben. Träge gaben sie den Weg frei und schlossen sich direkt hinter mir wieder, zu einem dichten Teppich aus fleischigen Blättern und Blüten.

Inzwischen waren Madame LaBouffs Rufe verstummt. Jetzt hörte ich nur noch die Vögel und das Konzert der Frösche. Die Sonne strahlte vom Himmel auf das Blätterdach des Waldes und tauchte meinen geheimen See in scheckiges, grünes Licht. Mit den Füßen wühlte ich mich genüsslich durch den weichen Schlamm auf seinem Grund. Schlingpflanzen strichen mir um die Beine und die Muhren knabberten an meinen Zehen.

In der Mitte des Weihers wurde das Wasser so tief, dass ich schwimmen musste. Ich holte Luft und tauchte unter. Ich versuchte einen Purzelbaum, wirbelte dabei aber so viel Schlick auf, dass ich die Augen wieder schließen musste. Ich holte abermals Luft und glitt dann in völliger Dunkelheit durchs Wasser. Meine Fingerspitzen strichen an den Wurzeln der Seerosen entlang und erspürten die haarigen Arme der Wasserfarne. Als ich wieder auftauchte, stellte ich fest, dass ein Seerosenblatt wie ein nasser Lappen auf meinem Kopf lag.

Ich ließ mich eine Weile auf dem Rücken treiben. Wenn ich den Kopf unter die Oberfläche sinken ließ, dass von meinem Gesicht nur noch Augen, Mund und Nase herausschauten, konnte ich ohne Schwimmbewegungen im Wasser liegen. Regungslos trieb ich in meinem kleinen Weiher und beobachtete, wie sich die Oberfläche des Wassers beruhigte, der Schlick absenkte und die Sonnenstrahlen wieder den Grund erreichten. Die Muhren tanzten für mich und winkten fröhlich. Es fühlte sich gut an, wenn sie an mir entlangstreiften.

Ein kleiner Teppich aus Wasserlinsen dümpelte auf mich zu und platzierte sich genau über meinem Bauchnabel. Nach

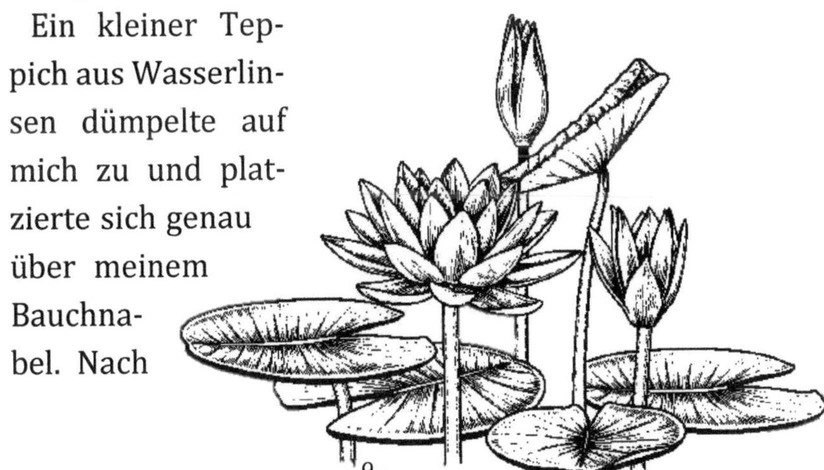

einer Weile schwamm ich zurück, um am Ufer meine Hände tief in den Schlick zu graben und meinen Körper mit wilden Kringeln und Punkten zu bemalen. Auch mein Gesicht bekam eine schlammige Kriegsbemalung, die ich anschließend im Wasserspiegel bewunderte. Dann beschloss ich, nun ausgeruht genug zu sein und wusch mir planschend und spritzend die Erde vom Körper und die Wasserlinsen aus den Haaren. Dabei verursachte ich so viel Gewoge und Gewirbel, dass sich hellgrüne Schaumwölkchen bildeten und die kleinen Teichwesen protestierend fortschwammen.

Oh, tat das gut, auf den warmen Kieselsteinen zu liegen und die Haare in der Sonne dampfen zu sehen. Ich döste ein.

Nur wenig später drang ein heiseres Krächzen in meine Sommersonnenseligkeit.

„Krah", machte Falko schon im Anflug, bevor er sich auf meinem rechten Knie niederließ.

„Aua, das tut weh!", schimpfte ich und schüttelte ihn ab.Unbeeindruckt stolzierte Falko über den Kies, während ich die Dellen massierte, die seine spitzen Krallen auf meinem Knie hinterlassen hatten.

„Habe ich mir schon gedacht, dass du mich finden wirst", maulte ich. „Ich hoffe für dich, dass du dich unauffällig vom Acker gemacht hast, sonst bist du echt ein Verräter. Oder schickt dich etwa Madame LaBouff?"

„Nein, keine Sorge, niemand ist mir gefolgt", antwortete Falko verschwörerisch und pickte mit seinem kräftigen Schnabel interessiert auf dem Boden herum.

„Gut", sagte ich und legte mich auf die Steine zurück.

„Wie ich sehe, bist du ja mal ausnahmsweise sauber. Gilla Sauberkind und ihr Wunderfalke, so heißt dann ab jetzt unser Auftritt." Falko lachte krächzend.

„Na, von mir aus."

Ich war gerne ein Gauklerkind.

Ob sauber oder nicht.

Ich und meine bunte, durcheinandergewürfelte Familie waren nämlich fahrende Gaukler. ‚Fahrend' bedeutete, dass wir reisten, von Dorf zu Dorf, von Stadt zu Stadt und von Marktplatz zu Marktplatz. Dort bauten wir unsere Bühne auf, die Zelte und das ganze Drumherum und traten auf. Wir blieben nie lange am gleichen Ort. Höchstens zwei, drei Tage.

Wenn man mich fragen würde, wo mein Zuhause war, würde ich sagen: In der ganzen Welt.

Stell dir nur vor, ich hatte in meinem ganzen Leben noch nie in einem Haus geschlafen! Dabei war ich schon ungefähr elf Jahre alt. Leider wusste Madame LaBouff das genaue Datum meiner Geburt nicht. Madame LaBouff nannte ich Maman. Das ist das französische Wort für Mama. Auch zu Jolanda und Lothair sagte ich Maman. Aber keine, weder Madame LaBouff noch Jolanda noch Lothair, waren meine echte Mutter.

Denn ich war das, was man ein Findelkind nannte. Eines Tages hatte ich, bewacht von Falko, vor Madame LaBouffs Schlafzelt gelegen, und niemand konnte sich einen Reim draufmachen, wie ich dort hingekommen war. Aber solange ich denken konnte, war es mein größter Wunsch herauszufinden, wer ich eigentlich war und woher ich damals kam.

Ich sah Falko zu, wie er unentschlossen am Ufer des Weihers entlang tippelte.

„Nun geh schon rein", rief ich. „Du hast es auch nötig. Du bist so staubig, dass du schon grau aussiehst."

„Ko-homm, ko-homm", sangen die Seemuhren.

„Siehst du, ich bin nicht die Einzige, die das so sieht!"

„Du übertreibst Gilla-Kind", krächzte Falko und zierte sich weiterhin. Er war sowas von wasserscheu!

„Du traust dich nur nicht!", rief ich und bespritzte Falko mit den Strähnen meiner nassen Haare.

„Zu Hilfe!", krähte er und wich rückwärts den Tropfen aus.

„Jetzt stehst du sowieso schon bis zum Bauch im Wasser, Falko. Wasch dich, du wirst dich danach wirklich besser fühlen. Denk nur an dein prächtiges, schwarzes Gefieder ..."

Weiter musste ich gar nicht reden. Falko war zwar wasserscheu, aber auch eitel bis in die kleinste Federspitze. Als er begann, sich zu putzen, räkelte ich mich wie eine schläfrige Katze. Das Bad hatte so gutgetan. Ich mochte das Gefühl von Wasser auf der Haut, auch wenn die meisten Leute zutiefst davon überzeugt waren, dass es schädlich sei, den ganzen Körper zu baden. Sie hatten Angst, das Wasser würde in die Haut eindringen und sie von innen auflösen. Ich jedenfalls steckte noch in meiner Haut und fühlte mich rundum wohl darin.

Nach einer Weile rief ich nach Falko.

„Wir müssen ins Lager zurück. Nicht auszudenken, was passiert, wenn ich das Abendessen verpasse. Jolandas köstliche Hafergrütze, urx, lecker!"

„Ich glaube, ich muss gleich speien!", krächzte Falko bestätigend und produzierte ein paar ziemlich eklig klingende Würggeräusche.

Wir ließen uns trotzdem Zeit und so wurde es langsam kühler und die Sonne sank tiefer. Die Mücken schwärmten aus und fanden, ich sei ein gutes Opfer, deshalb beeilte ich mich, wieder in meine Kleidung zu kommen. Ich hatte sie vor dem Baden im See gewaschen und auf einem Felsen zum Trocknen ausgebreitet. Als ich den Weiher umrundete, um dorthin zu laufen, flatterte Falko mir unentwegt über dem Kopf

herum und neckte mich mit unnötigen Kommenta-
ren: „Gilla-Kind, auf deiner rechten Schulter sitzt
eine Mücke!"

„Gilla-Kind, hier sind die Steine moosig. Nicht,
dass du ausrutschst."

„Gilla-Kind, pass auf, wo du hintrittst, das Ge-
strüpp ist voller Dornen."

„Falko, was soll denn das?", fauchte ich irgendwann. „Ich bin alt genug. Du tust gerade so, als sei
ich zum ersten Mal alleine im Wald unterwegs!"

„Gilla-Kind, gib Acht, hier wächst Gift-Efeu, davon
kriegst du Pusteln", fuhr er ungerührt fort.

Ich machte einen großen Sprung über den Efeu
und kam auf einem spitzen Stein wieder auf.

„Aua", quiekte ich.

„Hoppla", krächzte Falko.

„Hoppla? Was anderes fällt dir nicht ein? Da be-
mutterst du mich die ganze Zeit wie eine Henne ihr
Küken, und wenn dann wirklich was passiert, sagst
du Hoppla, und das war's?"

Falko landete neben mir und schüttelte sein Gefieder. „Entschuldige. Tut es sehr weh? Brauchst
du Hilfe? Soll ich dich tragen? Müssen wir den Fuß
amputieren? Oder das ganze Bein?"

„Ach nein, es geht schon wieder", erwiderte ich tapfer und wischte mir verstohlen eine Träne aus den Augenwinkeln. Falko sollte nicht sehen, dass ich weinte. Es war auch nicht wegen des Steins, der Schmerz war schon wieder fast vorbei. Nein, es ging um etwas anderes.

Immer wenn Falko mich bemutterte, wurde mir so richtig bewusst, dass ich keine eigene Mutter hatte. Auch wenn es Madame LaBouff, Jolanda und Lothair gab, tat in einem solchen Moment seltsamerweise irgendwo in meinem Körper etwas weh. Es kam immer häufiger vor, dass ich deswegen traurig wurde. Weiß der Teufel warum ich zurzeit so empfindlich war.

„Falko, untersteh dich, mich weiter zu beglucken!" Ich setze mich auf den Felsen. „Sonst stecke ich dich zu Gack und Gock in den Hühnerstall."

Gedankenverloren begann ich, mir die Lederlappen, die mir als Schuhe dienten, um meine Füße zu wickeln.

„Gilla-Täubchen, solltest du nicht zuerst alle anderen Sachen anziehen und die Schuhe ganz zum Schluss?", gurrte Falko hilfsbereit und fügte schüchtern hinzu: „Oh, tut mir leid, jetzt habe ich es wohl schon wieder getan. Aber irgendjemand muss doch auf dich aufpassen.“

Seufzend wickelte ich die feuchten Lederlappen wieder ab. „Hast ja recht, mein Freund.“

Ich blickte in Falkos schwarze Knopfaugen und streichelte sachte über sein Gefieder. Dann streifte ich meine Unterwäsche über. Das graue, ärmellose Leibchen mit den knielangen Beinen, hatte vorne eine lange Reihe von Knöpfen, von denen inzwischen jeder zweite fehlte. Es war an vielen Stellen geflickt und sah so abgewetzt und durchscheinend aus, dass es kaum mehr ein Kleidungsstück war. Darüber trug ich dunkle Beinkleider, die unten ausgefranst und an den Knien löchrig waren. Über das alte Männerhemd, das einmal Oswaldo gehört hatte, zog ich meine geliebte braune Weste, die mal jemand nach der Vorstellung liegengelassen hatte.

Die noch feuchten Haare stopfte ich unter eine Kappe, wie sie die Bauernknechte trugen, so dass nichts mehr von ihnen zu sehen war. Auch diese Kopfbedeckung hatte ich nach einem unserer Auftritte gefunden.

„Geklaut hast du sie ihm“, stellte Falko richtig, der manchmal genau wusste, was ich dachte.

„*Du* hast sie ihm geklaut!", wehrte ich mich.

„Weil du gesagt hast, ich solle sie ihm vom Kopf schnappen", verteidigte sich Falko.

„So etwas würde ich niiiemals sagen", schwindelte ich.

Falko tat mir manchmal solche Gefallen.

Aber das war ein Geheimnis.

Vielleicht mochte ich Geheimnisse deshalb so gerne, weil ich sonst nichts besaß, das nur mir alleine gehörte. Außer Falko natürlich. Aber der gehörte ja auch eher sich selbst.

Mann, was hatte ich heute nur für Gedanken im Kopf? Ich begann erneut, mir die Lederlappen um die Füße zu legen. Mit einem langen Band aus geflochtenem Rosshaar umwickelte ich das Leder so lang, bis es meinen Fuß fest umschloss. Die Rosshaare hatte ich dem Schweif von Burga zu verdanken, die unser Lastpferd, Kutschpferd, Dressurpferd, Zirkuspferd, Zugpferd und Reitpferd in einem war. Ich war die Einzige, die es hinbekam, ihr für den Auftritt die Mähne und den Schweif zu flechten. Dafür musste ich sie natürlich vorher gründlich striegeln und konnte dann die ausgekämmten Haare sammeln.

War es nicht wunderbar, dass man so Vieles auch zu etwas Anderem verwenden konnte? Oder wie Madame LaBouff immer sagte, wenn sie mit ihrem Wasserflaschenorakel auftrat: „In fast allem steckt ein bisschen Magie."

Was ich am magischsten fand, waren Buchstaben. Es gab sie in klein und groß, schmal und breit, rund und spitz.

Jedes Zeichen für sich genommen ergab überhaupt keinen Sinn. Zusammen, als Worte gelesen, hatten sie jedoch die Kraft, eine Geschichte zu erzählen. So eine wie meine.

„Du siehst aus wie ein Junge", unterbrach Falko missbilligend meine Gedankenreise und flatterte auf meine Schulter.

„Dann ist ja gut", antwortete ich zufrieden. „Und du siehst aus wie eine Krähe."

„Dann ist ja gut", antwortete Falko ebenso zufrieden und knabberte an meinem Ohr. „Aber das ist nur Tarnung, genau wie bei dir. In Wirklichkeit bin ich ein verzauberter Turmfalke!"

„Und was bin ich in Wirklichkeit?", fragte ich, doch Falko antwortete nicht, sondern rieb nur seinen Kopf an meinem Hals.

Seufzend hängte ich mir den Weidenkorb über den Arm, den ich im Gebüsch versteckt hatte und machte mich auf den Heimweg.

Die beiden fetten Karpfen, die darin lagen, dämpften ein wenig das schlechte Gewissen, das mich wegen meines unerlaubten Ausfluges plagte.

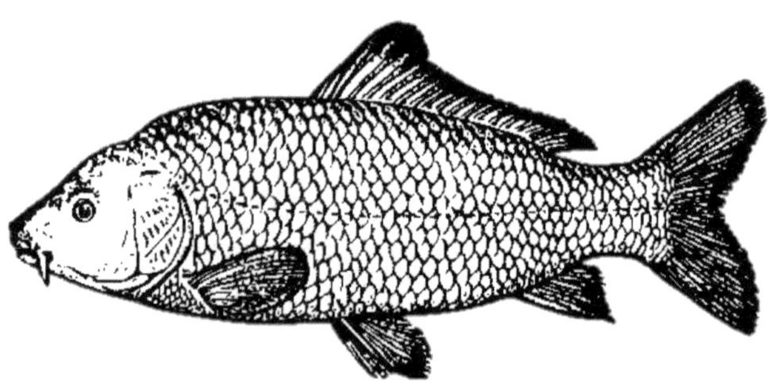

Kapitel 2
Herzlich willkommen im Reich der Gaukler

Ich lief den Trampelpfad entlang, den ich mir am Nachmittag durch den Wald gebahnt hatte. Die umgeknickten Farnwedel und Gräser hatten sich inzwischen fast wieder völlig aufgerichtet, und der Pfad war kaum mehr zu erkennen.

„Flieg voraus, Faultier", sagte ich, pflückte Falko von meiner Schulter und warf ihn sachte in den Wind. Falko schwebte wie ein Wegweiser vor mir her. Ich rannte durch den Wald. Es duftete nach Tannenholz, Moos und wilden Heidelbeeren.

Mit ausgebreiteten Armen segelte ich Falko hinterher. Dabei fühlte ich mich leicht und unbeschwert und pumpte so viel würzige Waldluft in mich hinein, bis ich zu platzen glaubte. Mit einem jubelnden Schrei stieß ich die Luft wieder aus.

Nach einer Weile führte der Pfad aus dem Wald hinaus, und unser Gauklerlager kam in Sicht. Ich konnte das Fähnchen auf der Bühnenspitze erkennen. Wild flatterten die langen, ausgefransten Spitzen des Wimpels im Wind. Bravo! Alle waren fleißig gewesen, während ich den Nachmittag verbummelt hatte.

Im Schutz der Bäume umrundete ich das Lager und pirschte mich von hinten an. Sobald ich meine Beute abgestellt hatte, wollte ich mich unauffällig unter die zuströmenden Menschen mischen und so tun, als sei ich schon seit einer ganzen Weile wieder zurück. Deshalb schlich ich geduckt um den Pferdewagen herum, mit dem wir unsere Bühne und die Zelte transportierten.

Burga graste auf einem kleinen Flecken Wiese und schnaubte leise. Heute würde sie keinen Auftritt haben, denn sie lahmte ein wenig, und wir hatten beschlossen, sie zu schonen.

Unsere Feldküche stand neben den Schlafzelten. Doch Küche war wirklich zu viel gesagt, es handelte sich nur um eine große Holzkiste mit Deckel und einen groben Tisch, auf dem sich allerlei verbeultes Kochgeschirr türmte.

Über dem Feuer, das bis zur Glut runtergebrannt war, hing an einem Gerüst ein Topf mit Wasser, in dem ein paar Kartoffelschalen schwammen.

„Eigenartiges Abendessen", murmelte ich. Mein Magen knurrte. Unter meinem Hemd holte ich das

Lederband mit dem Schlüssel für die Vorratskiste hervor. Unsere Lebensmittel waren bestimmt besser gesichert, als die Juwelen des Kaisers! Frag mich lieber nicht, woher ich den Zweitschlüssel für die Vorratskiste hatte, ich will nicht schon wieder einen Diebstahl gestehen müssen ...

Rasch öffnete ich das schwere Vorhängeschloss und stellte den Korb mit den beiden Karpfen hinein. Nur um es zu erwähnen: Sonst war nichts weiter drin, als ein kleines Säckchen mit Salz und ein harter Laib Brot, der von einer dünnen Schicht grauweißen Schimmels überzogen war. Ich brach mir ein Stück ab und entfernte den Schimmel, so gut es ging.

„Auf Wiedersehen, bis nachher über dem Feuer, Fischchen. Ihr zwei Glubschaugen werdet ein Festessen ...“

Sorgfältig verschloss ich die Truhe. Wem immer der Weiher gehörte, er würde den Verlust der beiden trägen Tiere erst feststellen, wenn wir schon über alle Berge waren.

Der Platz vor dem Podium füllte sich unterdessen mit den Bewohnern des Dorfes. Neuigkeiten verbreiteten sich in Windeseile. Und Gaukler mitten auf der Dorfwiese waren sowieso immer eine Attraktion.

Eine ausgelassene und fröhliche Stimmung lag in der Luft. Die Menschen liebten unser Spektakel. Kinder tobten herum, junge Leute lachten miteinander. Die Frauen standen wie üblich in Gruppen beisammen und plauderten. Ab und an stecken sie die Köpfe so nah zusammen, dass sich beim Tuscheln ihre Häubchen berührten. Die Männer lachten über ihre Scherze und klopften sich gegenseitig grob auf die Schultern, während sie braunen Kautabaksaft ins Gras spuckten. Und jedes Mal, wenn ich die Vorfreude der anderen spürte, durchfuhr auch mich ein aufgeregtes Prickeln.

Der Große Oswaldo, der Direktor unserer Gruppe, stakste bereits auf seinen Stelzen durchs Publikum. In Wirklichkeit war er kleinwüchsig und reichte mir kaum bis zur Nase, aber auf seinen Stelzen überragte er selbst den Wimpel auf der Bühnenspitze. Und der war bestimmt drei Mann hoch! Für Oswaldos Beinkleider hatte Dix, der Dieb, in fünf verschiedenen Dörfern die Bettlaken von den Wäscheleinen geklaut.

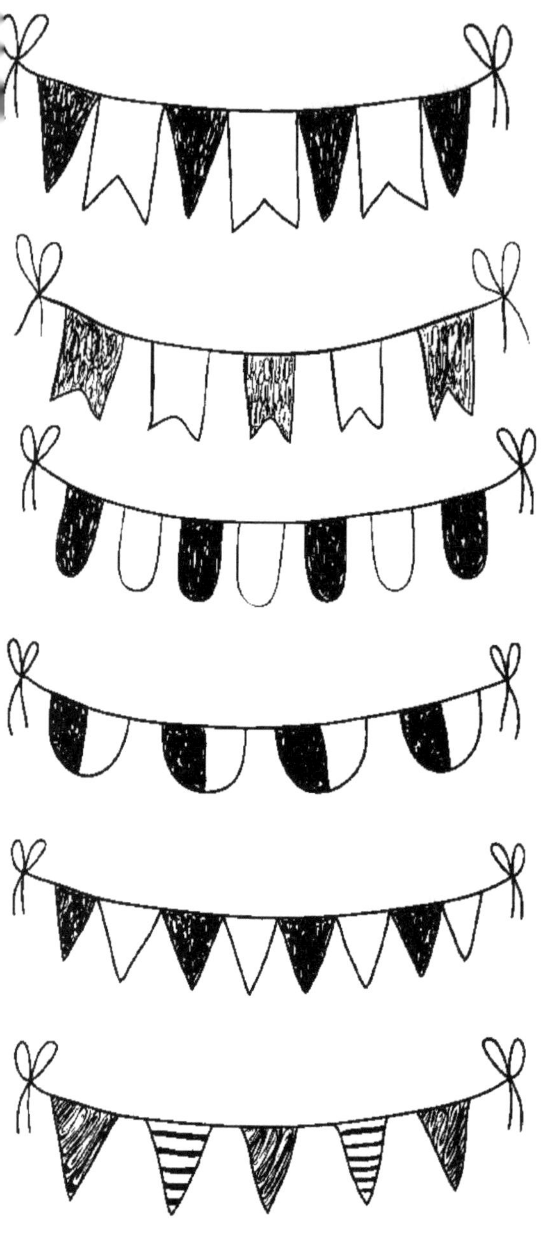

„Ah!" und „Oh!", machten die Leute, wenn Oswaldo sich so hinstellte, dass zwischen seinen Beinen zwei ausgewachsene Bauern Platz fanden. Die Kinder kicherten und spickten Oswaldo unter die Hosenbeine, um sich davon zu überzeugen, dass die langen Beine wirklich nur Holzstelzen waren.

„Hoch verehrtes Publikum ...!", dröhnte seine tiefe Stimme

über die Menschenansammlung. So klein Oswaldo auch war, seine Stimme klang dunkel und tönend, als ob sie direkt aus den schwärzesten Höllentiefen emporstieg. Manchmal begannen meine Kopfhaut zu kribbeln, wenn ich sein schallendes Lachen hörte. „Wir bitten Euch nun, den Eintritt zu entrichten!", fuhr Oswaldo fort.

Er spazierte zwischen den Schaulustigen hindurch und blieb immer wieder stehen. Unten an seinen Hosenbeinen waren mehrere Taschen aufgenäht. Dort warfen die Dorfbewohner ihre Geldmünzen hinein.

Oswaldo stakste und grollte unermüdlich: „Männer und Frauen, Mägde und Knechte, Knaben und Mädchen, wer etwas erleben möchte, gebe eine Münze oder auch zwei oder drei. Erst wenn meine Hosenbeine durch Eure Gaben so schwer geworden sind, dass sie herab rutschen und mein haariger Hintern zu sehen ist, dann, erst dann kann die Vorstellung beginnen!"

Die Frauen kreischten überrascht auf, wenn Oswaldo das mit dem ‚haarigen Hintern‘ sagte, während die Männer grölten. Schnell wurde noch die eine oder andere Münze in seine Taschen gesteckt. Erst wenn Oswaldo das Gefühl hatte, seine Hose sei nun wirklich schwer genug, ging er mit großen Schritten durch das Publikum hindurch und stellte sich hinter der Bühne auf.

Es sah nun so aus, als stehe er auf dem Bühnendach, weil die Rückwand des Podiums seine Stelzenbeine verdeckte. Oswaldo hielt sich an dem Fähnchen fest, was den Eindruck noch verstärkte. Dann stieß er sein tiefes, ansteckendes Lachen aus.

„Hahahahahooo! Meine Damen und Herren, herzlich willkommen im Reich der Gaukler, wo nichts ist, wie es scheint, und alles anders ist, als Ihr erwartet. Die Vorstellung beginnt in wenigen Minuten."

In den aufbrandenden Applaus rief eine mutige Stimme: „Kriegen wir nun deinen haarigen Hintern zu sehen, oder nicht?"

Egal, wo wir gastierten, irgendjemand stellte diese Frage immer. Oswaldo hatte verschiedene Antworten parat.

„Hier ist ein Spiegel, wenn du einen haarigen Hintern sehen willst, dann lass doch selbst die Hose runter und sieh ihn dir an, guter Freund", rief er diesmal und die Leute grölten.

Ich mischte mich unters Volk und lauschte den Gesprächen. Von der Menge wurde ich mal hierhin, mal dorthin geschoben. Schließlich stand ich direkt vor unserer kleinen Bühne. Es herrschte eine gespannte Erwartung. Noch waren die Vorhänge geschlossen.

Doch ich wusste genau, was gerade dahinter geschah: Jolanda turnte sich warm und machte Dehnübungen. Sie hatte den ersten Auftritt in unserem Programm. Nun sah ich, wie sich der Vorhang kurz öffnete und Madame LaBouff ihren Kopf hindurch steckte. Ich wusste, dass sie nach mir Ausschau hielt, und als ich nun direkt vor ihr stand, konnte ich es mir nicht verkneifen, „Buh!" zu sagen.

Maman bekam einen kurzen Schreck, sagte so etwas wie „Humpf" und zog mit einem zufriedenen Grunzen den Vorhang wieder zu.

„Sie ist da", hörte ich sie den anderen mitteilen.

Rechts und links neben der Bühne standen zwei kleine Zelte. Am Morgen nach der Vorstellung würde Madame LaBouff in einem davon den Leuten die Zukunft mit ihrem Flaschenorakel voraussagen, während mir das andere Zelt als Schreibstube diente.

Inzwischen war es dunkel geworden und Grimbert hatte hinter der Bühne die Fackeln entzündet. Der Schimmer ließ den Vorhang geheimnisvoll aufglühen und die Leute wurden ruhiger.

Dass die Vorstellung schon längst begonnen hatte, war ihnen nicht bewusst, denn keiner achtete auf Dix, den Dieb, der leise und unauffällig durch die Menschengrüppchen schlich und seine Finger überall hatte ... Geldbeutel, Börsen, Säckchen, Kautabakdosen, Pfeifen, Kämme und Taschenmesser schienen sich in Luft aufzulösen. Alles wanderte still und unbemerkt in die Innentaschen seines Wamses. Selbst die Lederriemen, mit denen viele Dorfbewohner ihre Geldbeutel an den Gürtel banden, durchtrennte Dix unbemerkt mit einem scharfen Messerchen. Er stahl den Frauen die Umschlagtücher, den Männern die Gürtel und den Burschen die Mützen. Er war flink, leise und völlig unauffällig. Ich beobachtete ihn bei seiner Arbeit. Mir war immer mulmig dabei, denn ich hatte Angst, dass ihm irgendwann jemand die Klauerei übelnehmen könnte.

Doch am Ende, kurz bevor alle wieder nach Hause gingen, breitete Dix sein Diebesgut auf einem großen Tisch aus. Dort konnten es sich die Dorfbewohner für wenige Groschen wieder zurückkaufen. Geldbeutel, Börsen und Schmuck waren am teuersten. Danach kamen Damensachen, Tücher, Pfeifen und Haarkämme. Nur Schnüre, Nägel, Haken und sonstiger, wertloser Kleinkram, den die meisten Männer lose in den Taschen hatten, behielt Dix für sich.

Aus diesem Grund gab es auch einen gut sichtbaren Anschlag für all diejenigen, die lesen konnten.

,Nehmt euch in Acht vor Dix, dem Dieb. Gestohlene Gegenstände sind gegen geringe Gebühren auszulösen'.

Für die Leute, die des Lesens nicht mächtig waren, hatte ich Symbole dazu gezeichnet. Jeder, wirklich jeder war gewarnt. Doch die wenigsten glaubten, dass es Dix tatsächlich gelingen würde, sie zu bestehlen. Wirklich, sie höhnten noch, während Dix ihnen den Beutel aus dem Wams stahl.

Oh, wie herrlich verblüffte Gesichter machten sie, wenn sie in ihre leeren Taschen griffen oder ihre eigene Geldbörse auf Dix‘ Gabentisch entdeckten.

Dennoch war Dix mir irgendwie unheimlich. Er sah mir nie direkt in die Augen, und ich hatte das Gefühl, dass er etwas vor mir verbarg. Aber er schien stets ein wachsames Auge auf mich zu haben. Und noch nie, wirklich niemals hatte er mir etwas gestohlen. Ich wusste nicht, warum. Denn um in Übung zu bleiben, klaute Dix den anderen aus der Gruppe alles, was nicht festgenagelt war. Er konnte einfach nicht anders und gab es ihnen am nächsten Tag wieder zurück.

Doch für heute war Dix mit seinem Streifzug fertig und verschwand hinter der Bühne.

Die offizielle Vorstellung konnte beginnen.

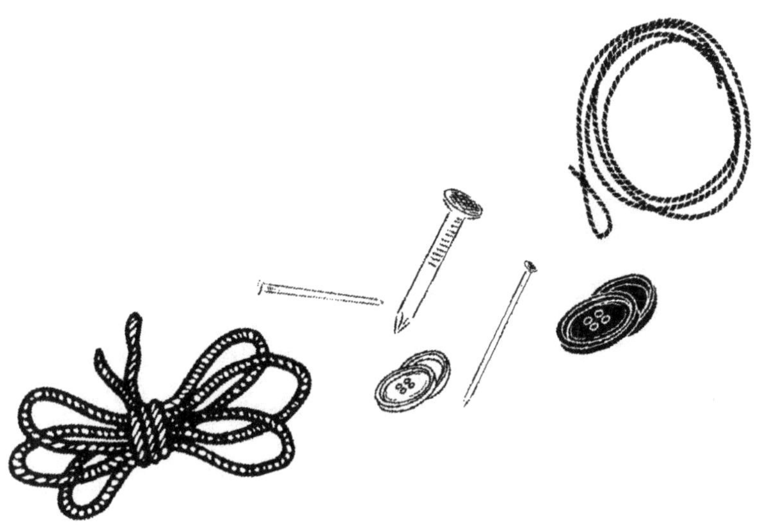

Kapitel 3
Ein Raunen geht durch die Menge

Bis mein eigener Auftritt begann, konnte ich tun und lassen, was ich wollte. Und weil ich hinter der Bühne nur im Weg herumstand, wie Jolanda immer nörgelte, sah ich mir das Spektakel als Zuschauerin an.

Falko saß dabei auf meiner Schulter und knabberte an meinem Ohrläppchen. Das fiel den Leuten auf, sie stießen sich an und nickten in meine Richtung. Doch für weiteres Getuschel blieb keine Zeit, denn der Vorhang wurde zur Seite gezogen. Ein Raunen ging durch die Menge, als die Schaulustigen sahen, was sich auf der Bühne tat.

An einem langen Seil, das von der Bühnenspitze bis auf den Boden reichte, hing Jolanda mit dem

Kopf nach unten. Sie schien zu fliegen. In ihrem durchscheinenden Gewand aus zarter, rosafarbener Seide sah sie vollkommen schwerelos aus. Langsam begann sie sich zu drehen. Dadurch geriet das Seil in Schwung und Jolanda wirbelte im Kreis herum. Immer schneller und schneller drehte sie sich am Tau. Sie breitete die Arme aus, und die luftigen, fächerförmigen Ärmel ihres Kleides entfalteten sich wie die Flügel eines Schmetterlings, der sich aus seinem Kokon befreit.

Dann drehte sie sich blitzschnell und kletterte noch ein wenig höher am Seil hinauf. Wieder brachte sie es zum Schwingen, hakte nur einen Fuß und eine Hand hinein und wirbelte um ihre eigene Achse. Die Fackeln erleuchteten ihre wehenden Röcke, und die bunten Pailletten ihres Oberteils sprühten Funken im flackernden Licht.

Die Zuschauer waren atemlos vor Überraschung. Niemand hatte wohl eine so anmutige Darbietung erwartet. Doch Jolanda war noch nicht fertig. Grimbert, der mit seinen Instrumenten im dunklen Seitenteil der kleinen Bühne hockte, trommelte einen Wirbel und steigerte damit die Spannung.

Jolanda glitt langsam das Seil hinab, bis sie auf der Bühne stand. Blitzschnell wickelte sie es dann so um ihren Körper, dass sie sich selber damit aufrollte. Stück für Stück hangelte sie sich spinnengleich nach oben. Als sie unter der Kuppel der Bühne schwebte und ihr Kostüm im Wind wehte, steigerte Grimbert

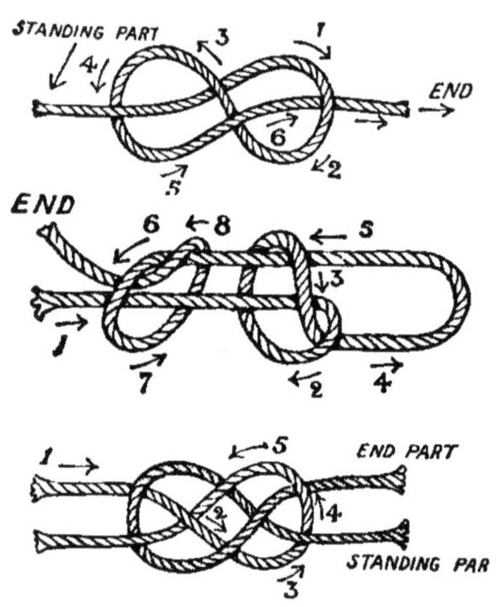

seinen Trommelwirbel und beendete ihn mit einem einzigen, ohrenbetäubenden Schlag. In derselben Sekunde öffnete Jolanda ihre Hände und ließ das Seil los!

In einem wilden Strudel wirbelnder Stoffbahnen fiel sie dem Bühnenboden entgegen.

Dem Publikum war das Entsetzen ins Gesicht geschrieben. Die Frauen kreischten. Jeder rechnete damit, dass Jolanda auf dem Bühnenboden aufschlug. Doch dann, nur wenige Fingerbreit über dem harten Holzboden, kam Jolanda wie von Zauberhand zum Stillstand. In dieser Position sah sie aus, als würde sie schweben. Ihr Körper war durchgestreckt und jeder Muskel angespannt. Mit ausgebreiteten Armen pendelte sie hin und her. Dann senkte sie den Kopf und küsste den Bühnenboden.

Ich konnte sehen wie Jolanda den kurzen Augenblick der atemlosen Stille genoss, der immer herrschte, bevor der Applaus losbrach. Und er brach los, donnernd, jubelnd, tosend!

Auch ich rief: „Bravo, bravo, Jolanda!"

Nachdem sie sich unendlich oft verbeugt und Kusshändchen ins Publikum geworfen hatte, huschte sie hinter die Bühne und der Vorhang schloss sich wieder.

„Hochgeschätztes Publikum, danke für Euren werten Beifall", dröhnte der Große Oswaldo vom Bühnendach hinab. Dann fügte er fragend hinzu:

„Das war doch wohl besser als der haarige Hintern des Bauern dort hinten, oder?"

Die Leute lachten und der Angesprochene sah betreten zu Boden.

„Ich möchte nun um Ruhe bitten, sehr verehrte Damen und Herren. Erlebt als nächsten Programmpunkt Rochus, den mutigen Bärenzähmer. Doch seid gewarnt. Noch ist der Bär nicht vollkommen gezähmt. Tretet einen Schritt von der Bühne zurück. Es ist heute besonders gefährlich, weil ..."

„... er noch nichts gefrääässsäään hat!", sprach ich mit Oswaldo zusammen den Satz zu Ende.

Dann sagte ich leise zu Falko: „Einundzwanzig." Bei ‚ein' hörte ich die Menge erschrocken die Luft einziehen, bei ‚und' wieder ausatmen und bei ‚zwanzig' schoben und drückten sich alle ein paar Schritte von der Bühne weg.

Der Vorhang wurde langsam zur Seite gezogen. Grimbert hatte sich als ‚Rochus, der Bärenzähmer' verkleidet und betrat die Bühne mit trampelnden Schritten. Er trug einen grauen Bart, eine Pelzmütze und einen langen Umhang. Seine wuchtigen Lederstiefel reichten ihm bis über die Knie. Der sanftmütige und lustige Grimbert sah als Rochus wild und gefährlich aus. Um seinen Bauch hatte er einen Ledergürtel gebunden, in dem eine siebenschwänzige Peitsche steckte. Die holte Rochus nun hervor und ließ die Enden knallend durch die Luft sausen. Dann drehte er sich ungestüm von einer Seite der Bühne zur anderen, als suche er etwas.

„Habt ihr ihn gesehen, Leute?", rief er dem Publikum zu. „Wo ist der Bär, wo ist der grausige Bär? Ich werde ihm eins über den Pelz ziehen!" Seinen letzten Worten ließ er ein wütendes Knallen der Peitsche folgen. Die Leute schauten sich ängstlich um. Jetzt kam mein Einsatz!

Ich rief mit theatralischer Panik in der Stimme: „Großer Gott, der Bär ist ausgerissen? Er wird uns in Stücke reißen!"

Das Publikum wurde unruhig.

Wie immer waren die Zuschauer hin und hergerissen zwischen Sensationsgier und Feigheit. Doch bevor echte Panik ausbrechen konnte und die Schaulustigen tatsächlich Reißaus nahmen, rief Rochus mit donnernder Stimme:

„Ach, hier bist du ja, du fürchterliches Ungetüm. Komm zu mir! Komm zu Rochus, dem Bärenführer und zeige uns deine Kunststücke."

Aus dem Dunkel des Bühnenaufgangs kam jetzt tatsächlich ein zottiger, brauner Bär getrottet. Er tapste auf seinen Bärenführer zu und senkte demütig den Kopf.

„So ist es recht, du weißt, wer dein Herr ist", rief Rochus und knallte mit der Peitsche.

Der Bär zuckte zusammen.

„Und nun wird getanzt. Tanz Bär, tanz!", befahl Rochus und hob beide Arme über den Kopf.

Langsam und schwerfällig richtete sich der Bär auf. Im Takt von Rochus knallender Peitsche trippelte er unterwürfig von einem Hinterfuß auf den anderen. Rochus machte mit der Peitsche eine wirbelnde Handbewegung und der Bär begann, sich im Kreis zu drehen.

Das Publikum klatschte begeistert. Erschöpft ließ sich der Bär wieder auf alle Viere fallen.

„Armer Oswaldo", flüsterte Falko in mein Ohr. Ich nickte bestätigend.

„Und jetzt, die Sensation des Abends, hochverehrtes Publikum. Rochus, der furchtlose Bärenzähmer, wird seine Hand nun in das Maul des Bären legen. Und bedenken Sie, der wilde Braunbär hat noch nichts ..."

„... gefrääässsen!", sagte ich zusammen mit Grimbert. Das Publikum hielt den Atem an.

Es ertönte ein unbeholfener, lahmer Trommelwirbel. Das war Jolanda. Sie bekam das mit dem Trommeln einfach nicht hin ...

Der Bär richtete sich auf und riss sein Maul auf. Dann warf er den Kopf in den Nacken und ließ ein grauenerregendes Bärengebrüll ertönen. Seine spitzen, gelben Zähne blitzten im Dämmerlicht der Bühne.

Aus seinem gebleckten Maul schien der Geifer zu tropfen. Rochus wich entsetzt vor dem angreifenden Tier zurück und hob schützend die Arme vors Gesicht. Im Publikum war es mucksmäuschenstill.

Doch dann schien sich Rochus eines Besseren zu besinnen und knallte mit seiner Peitsche. Der Bär zog sich augenblicklich von ihm zurück und trollte sich in die Mitte der Bühne.

Rochus hatte unter den angstvollen Blicken des Publikums die Schnauze des Bären gepackt und aufgerissen. Er legte ihm eine Hand ins Maul, während er mit der anderen die Nase des Bären umklammert hielt. Dabei tat Rochus, als zittere er vor Anstrengung am ganzen Körper.

Nach einigen nervenaufreibenden Augenblicken nahm Rochus seine Hand aus dem Maul des Bären und ließ dessen Schnauze los. Mit einem hörbaren ‚Klapp‘ schnappte der Bär zu.

Doch erst als Grimbert seine Arme ausbreiten wollte, um sich zu verbeugen, schien er zu bemerken, dass er mit einem Ärmel noch im Maul des Bären festhing. Aufgebracht ruckte und zog er an dem Stoff, doch der Bär gab den Ärmel nicht frei.

Im Gegenteil, er stemmte sich mit aller Kraft gegen seine Vorderpfoten. Mit einem lauten Ratschen zerriss das Hemd und der Bär trottete mit dem Fetzen im Maul siegreich von der Bühne.

Die Zuschauer waren gleichzeitig begeistert und entsetzt, klatschten und riefen Bravo. Nie war mir ganz klar, wem das Bravo galt: Rochus oder dem Bären?

Grimbert verbeugte sich flüchtig und verließ wütend aufstampfend die Bühne.

„Das wird mir dieser vermaledeite Saubär büßen“, rief er dabei drohend und wedelte mit der Peitsche.

Kaum war er verschwunden, als man laute Schläge und klatschende Peitschenhiebe vernahm.

Jetzt waren die Leute zufrieden, der Bär hatte seine Strafe bekommen und der Vorhang wurde zugezogen.

Rasch lief ich hinter die Bühne, um den eigentlichen Höhepunkt der Bärenvorführung nicht zu verpassen. Ich kam gerade noch rechtzeitig, um zu sehen, wie der Bär seinen Kopf abnahm. Er klemmte ihn unter den Arm und schaute sich Beifall heischend in der Runde um.

„Na, war ich nicht wieder bärig gut?", fragte Oswaldo und wischte sich den Schweiß von der Stirn.

Das Fell schlackerte um ihn herum, obwohl wir es schon an allen Ecken und

Enden mit Stroh ausgestopft hatten. Zum Glück störten sich die Leute nicht daran, dass der Bär gar nicht besonders groß war. Er jagte ihnen einen Schrecken ein, das war die Hauptsache.

„Du warst wundervoll", rief ich ihm zu. „Und du auch, Grimbert. Manchmal denke ich, du hast wirklich Angst vor ihm!"

Oswaldo und Grimbert lachten.

„Da nimm, du Mistvieh", rief Grimbert schallend und hieb mit seiner Peitsche in die Luft. Oswaldo stieß ein grummelndes Bärenwehgeschrei aus. Wir hörten das Publikum japsen. Ich kicherte.

„Wärst du ein echter Bär, hättest du an mir lange zu kauen", meinte Grimbert und streckte sich.

Grimbert war tatsächlich riesengroß. Nicht nur im Vergleich zu Oswaldo, meine ich. Grimbert war bei uns auch noch Trommler, Tischler, Zimmermann und Bühnenarbeiter in einem. Und ganz im Gegensatz zu seinem Namen, war er überhaupt nicht grimmig, sondern der friedfertigste Mensch der Welt.

Oswaldo hatte sich inzwischen aus seinem Pelz befreit. Die leere Haut des Bären lag schlaff und leblos auf der Erde neben dem alten Schaukelstuhl, in dem Madame LaBouff wie üblich leise vor sich hin schnarchte und die Vorstellung verschlief.

Oswaldos schwarze Haarmähne klebte ihm verschwitzt im Gesicht und unter den Achseln hatte er große, dunkle Flecken. Er stank zum Gotterbarmen. Mitten in einer heißen Sommernacht in einem zottigen, miefenden und stickigen Bärenfell zu stecken, war bestimmt kein Spaß. Ich war froh, dass die Wahl auf Oswaldo gefallen war, als wir beschlossen hatten, einen Bären mit ins Programm zu nehmen. Denn von der Größe her hätte ich auch wunderbar in das Kostüm gepasst.

„Oswaldo, geh deine Ansage machen, dein Gestank kann ja kein Mensch aushalten", sagte Jolanda, die zu uns getreten war.

„Du nimmst mir das Wort aus dem Mund, holde Schönheit", flötete Falko bestätigend. Spielerisch schlug Jolanda nach dem Vogel auf meiner Schulter. Oswaldo eilte zu den Stelzen, kletterte geschickt daran hinauf und thronte kurze Zeit später wieder als gewaltiger Riese über dem Dach unserer kleinen Gauklerbühne.

Mit spitzen Fingern nahm Jolanda unterdessen das stinkende Bärenfell hoch und breitete es zum

Lüften über ein Holzgestänge. Den Bärenkopf spießte sie auf einen Pfahl - ehrlich gesagt war das gruseliger als der gesamte Auftritt!

Wir hörten, dass Oswaldo dabei war, seine nächste Ansage zu machen:

„Meine sehr verehrten Damen und Herren, war dieser Bär nicht ein schrecklich unartiges Ungetüm? Ja, er hat seine Strafe erhalten ... Kommen wir nun zu etwas erfreulicherem, hochwohlgeschätztes Publikum. Stellt Euch einmal vor, morgen stünde eine goldene Kutsche vor Eurer Hütte und nähme Euch mit zum Schloss des französischen Königs. Wir haben keine Kosten und Mühen gescheut, eine echte Hofdame aus dem Französischen Reich hierher einzuladen. Sie wird Euch Bauerntrampeln Benehmen beibringen! Ich bitte um einen Hofknicks und eine Verbeugung für unsere wunderbare Madaaame Schischiii!"

Die Leute lachten und versuchten, der Bitte des Großen Oswaldo nachzukommen.

Jolanda öffnete den Vorhang und Madame Schischi saß mit hoch erhobenem Kopf an einem verspiegelten Frisiertischchen. Rechts und links des

Spiegels brannten Kerzen und tauchten Madame Schischi in schmeichelndes Licht.

Da ich vom Bühnenrand aus zuschaute, hatte sie mir den Rücken zugedreht. Ich konnte ihr Gesicht nur durch den Spiegel betrachten. Als Madame Schischi mich erblickte, zwinkerte sie mir zu und schickte mir eine Kusshand. Ich liebte ihren Auftritt.

Langsam und feierlich erhob sich Madame Schischi und wedelte mit ihrem Fächer geziert vor ihrem Gesicht herum. Sie war schneeweiß gepudert, wie es am Hofe des Königs in Frankreich Mode war. Auf ihrem Kopf balancierte sie eine riesige weiße Lockenperücke, die sich wie eine Wolke auftürmte. Die Haare waren mit allerlei Schleifen, Obst aus Pappmaschee und ausgestopften Vögeln geschmückt. Schließlich senkte sie langsam und theatralisch ihren Fächer und zeigte ihr Gesicht. Das Publikum stieß überraschte Rufe aus: Madame Schischi war gar keine Madame! Sie war ein Monsieur, ein Mann. Unser Lothair!

Lothair konnte noch so viel weiße Schminke auftragen, noch so viel Lippenrot benutzen und sich die Augenlider noch so himmelblau anmalen, man würde seinem knochigen, groben Gesicht immer ansehen, dass er ein Mann war. Da nützte auch der hübsche, schwarze Schönheitsfleck nichts, den er sich immer zwischen Nase und Oberlippe tupfte. Seine Bartstoppeln blitzten durch die weiße Schminke und sein Adamsapfel hüpfte beim Sprechen auf und ab.

Lothair war schon bei seiner Geburt weiblich und männlich zugleich gewesen. Lothairs Stimme und sein Gesicht waren die eines Mannes, dafür hatte er große, wunderschöne Brüste. Auf der Bühne schraubte Lothair nun seine Stimme noch ein wenig höher und begann, höfische Benimmregeln zum Besten zu geben. Dabei tat er wunderbar gekünstelt und fuchtelte mit seinen weiß behandschuhten Händen in der Luft herum. Ich schlenderte zu Grimbert, der leise vor sich hin schmunzelte, als er hörte, wie Madame Schischi die Menschen zum Lachen brachte.

„O làlà Madame Schischi ist aber ein sähr lustischer Scherzkeks, nischt wahr?", krächzte Falko in Madame Schischis erfundenem Akzent und setzte sich auf Grimberts Schulter.

„Falko, alte Krähe", sagte Grimbert lachend. „Da sagst du was Wahres. Aber mach dich lieber bereit, gleich bist du dran." Grimbert drehte sich zu mir um. „Oh", sagte er, als er mein missmutiges Gesicht sah. „Keine Lust diesmal, Kleine?"

Ich seufzte.

„Doch, schon, aber irgendwie bin ich heute ständig abwechselnd traurig und froh, froh und traurig, ach, ich weiß auch nicht."

„Komm mal her", sagte Grimbert und setzte sich auf einen Stapel Holz, der neben der Rückwand der Bühne aufgeschichtet war. Er zog mich heran und legte seinen schweren, muskelbepackten Arm um mich.

„Gilla-Kind, das Gauklerleben ist nichts für Kinder. Du solltest ein richtiges Zuhause haben. Was du brauchst, ist ein Nest an einem festen Ort. Kinder brauchen ein Heim und Kameraden und feste

Gewohnheiten, basta. Egal was Madame LaBouff und Oswaldo sagen. Sie werden es nicht noch viel länger vor sich herschieben ...", Grimbert hielt erschrocken inne und schaute betreten.

„Was ist los? Welches Zuhause? Hier ist doch mein Zuhause! Grimbert, was redest du denn da?"

„Ach nichts, ich bin nur ein einfacher Zimmermann, was weiß ich schon ... Und nun geh, gerade trippelt unser schöner Lothair von der Bühne. Er sieht aus, als bekäme er kaum mehr Luft in seinem eng geschnürten Kleid."

Mit diesen Worten stand Grimbert auf und eilte Lothair entgegen, um ihm das Mieder aufzuschnüren.

„Meine Liebe, Ihr wart großartisch und isch liebe eusch, o làlà", säuselte er.

„Grimbert, du Idiot, hilf mir lieber hier raus, bevor ich unter den Rock piesel", schimpfte Lothair und zerrte sich die Perücke vom Kopf.

Grimbert zerrte mit seinen großen Händen Lothairs Verschnürung auf, während dieser sich mit dem Fächer dramatisch Luft zufächelte.

„Das nächste Mal nicht so eng, du Trottel", schimpfte Lothair.

„Wie Madame befehlen", antwortete Grimbert. „Und jetzt halt deinen Busen fest, sonst fällt er dir noch in den Staub."

Entrüstet presste Lothair das Oberteil vor seinen Brüsten zusammen und sagte: „Vite, vite, schnell, mein kleines Täubchen, du bist gleich dran!"

Ja, es wurde wirklich höchste Zeit für mich, Oswaldos Stimme wummerte schon eine ganze Weile über den Platz.

Gerade ertönte die Ansage für meinen Auftritt ...

Kapitel 4
Wo ist der verflixte Vogel?

„Die Sensation des heutigen Abends, die Sensation auf unserer fahrenden Gauklerbühne, die Sensation im ganzen Heiligen Römischen Reich Deutscher Nation: Hier kommt Gilla mit ihrem sprechenden Wunderfalken, Aaapplaus!"

Ich fragte mich wirklich, warum Oswaldo immer so übertreiben musste! Ich sah mich nach Falko um. Wo steckte der Vogel bloß?

„Falko?", rief ich, während ich auf den Hintereingang der Bühne zustürmte.

„Gilla-Täubchen, wann wirst du dem guten Lothair endlich den Gefallen tun, dich wenigstens auf der Bühne wie ein Mädchen zu kleiden!?", rief mir Lothair hinterher.

Doch ich hatte keine Zeit für eine Antwort, denn Oswaldo zischte bereits ebenfalls:

„Wo ist der verflixte Vogel, Gilla?"

Ich zuckte mit den Schultern und schaute mich um. In der Dunkelheit sah man überhaupt nichts und schon gar keinen schwarzen Vogel. Mist!

Jolanda hatte von alldem nichts mitbekommen und zog an der Konstruktion, die den Bühnenvorhang öffnete.

Ich wollte gerade „Halt!" rufen, als ich bemerkte, dass Falko bereits auf der Bühne war und dort im Kreis herumlief. Perfekt! Ich verbarg mich seitlich in den Kulissen und ließ Falko mit der Vorstellung beginnen. Das Publikum war mucksmäuschenstill.

„Wo steckt es nur, dieses verflixte Menschenkind", krächzte Falko und lief weiter im Kreis. Er sah aus, als ob er über etwas nachdächte. „Ich werde heute Abend keinen Lohn erhalten, wenn das Kind nicht bald kommt." Er wiegte den Kopf hin und her, plusterte sich auf und schüttelte sich. „Affenhitze hier", maulte er. Dann tapste er auf den Bühnenrand zu und begann, die Leute anzubetteln: „Habt Mitleid mit einem armen, gefangenen Gauklerfalken. Gibt es nicht noch die eine oder andere lose Münze, die Ihr mir auf die Bühne werfen könntet?", jammerte er herzergreifend.

Ich sah, wie die Leute in ihre Taschen griffen und schon landeten die ersten Münzen auf dem Holzboden des Podiums. Dix achtete stets darauf, dass die Leute, die der Bühne am nächsten standen, noch genügend Kleingeld in den Taschen hatten, damit sie Falko etwas zuwerfen konnten und nicht auffiel, dass der Dieb seine Tour schon längst gemacht hatte.

Falko hüpfte zwischen den Münzen hin und her und maulte laut und deutlich:

„Knöpfe, nichts als alte Knöpfe. Geizhälse seid Ihr, zum Teufel mit Euch elenden Knausern!"

Ein paar weitere Münzen prasselten auf ihn herab. Falko machte einige erschreckte Flügelschläge. Das war der Moment, an dem ich eilig die Bühne betrat, flink das Geld vom Boden aufsammelte und es mir in die Hosentaschen steckte. „Falko", sagte ich dabei tadelnd. „Schämst du dich denn gar nicht, die Leute anzubetteln? Für nichts? Oder hast du etwa schon gesungen?"

„Gesungen?“, krächzte Falko empört und flog auf meine Schulter. „Wieso sollte ich singen?“

„Na, um das Geld auch verdient zu haben! Du könntest auch tanzen, ganz wie du willst!“

„Tanzen? Es wird ja immer schöner! Hast du schon mal einen tanzenden Falken gesehen, Gilla? Falken sind die Könige der Lüfte, Falken tanzen nicht!“, erklärte Falko.

„Nein, und ich glaube auch nicht, dass es so besonders schön aussähe, wenn du tanzen würdest“, erwiderte ich.

„Oh, jetzt bin ich aber beleidigt“, krähte Falko und ließ seinen gefiederten Kopf hängen.

Ich hielt meine Hand flach vor mich und Falko ließ sich darauf nieder.

„Dann zeig uns mal, was du kannst“, bat ich und begann, die kleine Weise anzustimmen, die mir Madame LaBouff immer zum Einschlafen vorgesungen hatte.

Da fing Falko an, sich im Kreis zu drehen. Am Ende des Liedes war es ganz still im Publikum. Falko verbeugte sich. Die Leute applaudierten behutsam und gerührt. Ich gab Falko einen Kuss auf seine fedrige Stirn und sagte:

„Das hast du sehr gut gemacht, mein Freund, und jetzt bedanke dich artig.“

„Sehr vielen herzlichen, freundlichen, verbindlichsten Dank hochverehrtes, gesammeltes, geschätztes, wertes, stinkendes Publikum“, krächzte Falko.

Und unter dem Gelächter der Leute verließen Falko und ich die Bühne.

Jolanda schloss den Vorhang und sagte: „Prima gemacht, ihr zwei!“

Grimbert, Lothair und Oswaldo klatschten leise, als ich grinsend auf die Wiese trat und in der Tasche mit den Münzen klimperte. Doch viel Zeit zum Verschnaufen blieb mir nicht. Ich trank hastig einen Schluck Wasser und machte mich wieder auf den Weg zur Bühne.

„Was wären die Gaukler ohne Jonglage?“, hörte ich den Großen Oswaldo gerade die Leute fragen. „Vorhang auf für einen Augenschmaus der besonderen Art!“

Ich betrat die Bühne und starrte für ein paar Sekunden auf den Boden, um zur Ruhe zu kommen. Eine ruhige, tiefe Konzentration erfasste mich. Ich hob den Kopf, jetzt war ich bereit.

Als erstes jonglierte ich mit Eiern, die ich vorsichtig einem kleinen Körbchen entnahm. Grimbert hatte sie aus Holz geschnitzt und blank geschmirgelt. Sie sahen täuschend echt aus, und ich tat fortwährend so, als drohten sie mir jeden Augenblick runterzufallen. Ich konnte ein halbes Dutzend Eier in der Luft behalten und dabei allerlei komische Verrenkungen machen. Kaum dass die Holzeier wieder heil in ihrem Korb lagen, zog ich aus der Tasche meiner Weste blitzschnell ein leichtes, farbiges Tuch nach dem anderen hervor. Ich warf sie in die Luft und zauberte damit einen bunten Regenbogen aus vielen luftigen Seidentüchern, den ich über meinem Kopf tanzen ließ. Dann fing ich die Tücher wieder auf und stopfte eines nach dem anderen

in die Faust meiner linken Hand. Ich pustete darauf und öffnete langsam die Faust: Die Tücher waren verschwunden!

„Hooohhh!" machten die Leute.

Ich war selbst ziemlich stolz auf diesen Trick, denn er hatte mich wochenlanges Üben gekostet.

Da warf mir Grimbert auch schon nacheinander fünf brennende Fackeln zu und ich begann erneut zu jonglieren. Oh, wie überrascht war das Volk jedes Mal, wenn ein Kind diese Kunst beherrschte. Und noch dazu mit brennenden Fackeln!

Eine wohlige Gänsehaut kroch meine Arme hinauf. Die Fackeln wirbelten durch die Dunkelheit. Nach und nach gab ich Grimbert jede wieder zurück, bis ich zum Schluss keine mehr in den Händen hielt.

Begeisterter Applaus brandete auf. Ich breitete die Arme aus und verbeugte mich. Dann schnappte ich mir den Eierkorb und verließ winkend die Bühne. Mein Gauklerherz hüpfte vor Freude, schien sich aufzublähen und drückte gegen meinen Brustkorb, als wolle es herausspringen. Stolz erfüllte mich. Stolz auf das, was ich konnte und Stolz auf all die Menschen, mit denen ich zusammenlebte.

Wir alle waren ziemlich spezielle Geschöpfe, und die meisten von uns hatten, bevor sie zu Gauklern geworden waren, schlimme Dinge erlebt, aber zusammen waren wir die einzigartigste Gauklertruppe, die ich kannte! Jolanda zog den Vorhang zu und beendete damit unsere heutige Abendvorstellung, während Oswaldo seinen Blick über die Menge schweifen ließ und nach etwas Ausschau hielt. Als er entdeckte, dass Dix, der Dieb, seinen Tisch am Rand des Platzes bereits aufgebaut hatte, rief er:

„Liebe Leute, Groß und Klein,
für heute soll's zu Ende sein!
Geht jetzt heim, doch seid so lieb,
haltet kurz bei Dix, dem Dieb.
Tumbe Tölpel, die Ihr seid,
macht Euch jetzt schon mal bereit.
Habt Ihr wirklich nichts bemerkt?
Ein Dieb hat Euch die Tasch' geleert!
Doch zu Eurem großen Glück,
bekommt Ihr alles gleich zurück.
Gegen eine kleine Spende,
gelangt es heim in Eure Hände.
Wer etwas zu schreiben hat,
morgen gibt's ne Schreibwerkstatt.
Wer in die Zukunft schauen muss,
komme zu Madame LaBouff."

Dann blieb Oswaldo auf seinen Stelzen stehen und genoss den Anblick der Bürger, die sich, überrascht von seinen Worten, in die Taschen fuhren. Es war jedes Mal dasselbe. Man konnte noch so viele Plakate aufstellen, die Menschen vergaßen schlichtweg alles um sich herum, wenn sie durch unsere Vorstellung abgelenkt waren. Meist hielt die Empörung darüber, beklaut worden zu sein, mit der Scham, sich beklaut haben zu lassen, die Waage.

Die gute Laune überwog auch heute und die Schaulustigen machten sich lachend und tratschend auf den Heimweg. Die Habseligkeiten und Geldbörsen fanden zu ihren Besitzern zurück und Dix machte ein gutes Geschäft.

Nach und nach leerte sich der Platz, bis nächtliche Stille eintrat.

Wir hatten uns hinter der Bühne versammelt und saßen auf Kisten und Schemeln um ein loderndes Feuer herum. Knisternd stoben die glühenden Funken in den dunklen Nachthimmel. Ich schaute ihnen nach und ließ meinen Blick weiter über den unendlichen Sternenhimmel schweifen.

Da, eine Sternschnuppe!

Rasch wünschte ich mir drei Dinge, die ich schon herbeisehne, seit ich denken kann: Zu erfahren, woher ich gekommen war, wer meine richtigen Eltern waren und eine Freundin, ganz für mich allein. Oswaldos Blick ruhte nachdenklich auf mir und es kam mir so vor, als ob er meine Gedanken lesen könne.

Jolanda hatte inzwischen den Korb mit den Fischen entdeckt und war dabei, sie auszunehmen und zu salzen. Anschließend spießte sie die Karpfen auf einen Stock, den sie in zwei Astgabeln legte. So konnte die Leckerei von allen Seiten über dem Feuer braten.

„Gilla-Kind, ich will gar nicht wissen, wo du die Fische gefangen hast, aber es muss sehr, sehr weit weg gewesen sein, schließlich warst du den halben Tag verschwunden", sagte Jolanda halb scherzhaft, halb streng zu mir.

Ich grinste und entschied mich, besser nicht zu antworten. Stattdessen starrte ich in die Flammen. Das Feuer zischte, wenn Fett in die Flammen tropfte. Mein Magen knurrte. Seit dem frühen Abend hatte ich nur das winzige Stück angeschimmeltes Brot gegessen. Mir war flau vor Hunger.

„Fang!", sagte Dix, der das Knurren gehört haben musste, und warf mir ein Hühnerei zu.

Überrascht sah ich auf. Die flackernden Flammen warfen unregelmäßige Schatten auf sein zerfurchtes, mageres Gesicht. Dix sah immerzu sorgenvoll aus, was bestimmt damit zu tun hatte, dass er als Dieb mit der ständigen Angst vor Entdeckung leben musste.

„Danke, Dix", sagte ich und klaubte vom Boden einen kleinen Ast auf.

Mit der Spitze piekte ich ein Loch in die Eierschale, hielt meinen Finger darauf und drehte das Ei um. Dann stach ich auch die andere Seite an und saugte es genüsslich aus. Das tat gut! Die ausgeschlürfte Eierschale reichte ich Falko, der sie sich schnappte und sich damit eilig ein Stück entfernte.

„Na klar", krächzte er dabei, „na klar! Der alte Falko kriegt den Abfall! Aber er ist ja nur eine dumme Krähe, schönen Dank auch!"

Alle in der Runde brachen in Lachen aus. Lothair streifte sich mit einem wohligen Seufzer die Damenschuhe aus und knetete seine knochigen Füße.

Grimbert schnitzte gedankenverloren an einem Stück Holz herum und Oswaldo lockerte die

Muskulatur seiner Oberschenkel. Das Balancieren auf den baumhohen Stelzen und das ständige Hinauf- und Hinabklettern war eine Meisterleistung, noch dazu für einen Menschen mit Oswaldos Statur.

Dix kramte unterdessen in seinem Leinenbeutel, den er stets bei sich trug. Er förderte noch zwei weitere Eier zutage und reichte sie Jolanda.

„Gack und Gock haben heute nichts gelegt, da habe ich mich mal im Dorf umgesehen …", sagte er.

Jolanda nahm die Eier und drohte Dix streng mit dem Zeigefinger.

„Na, na, na. Weißt du denn nicht, dass man nicht stehlen darf?", fragte sie verschmitzt.

Dix verzog sein Gesicht zu etwas, das ein Grinsen hätte sein können, und meinte: „Die Leute lassen es doch herumliegen. Seht nur her!"

Zu unserer großen Freude zog er ein kleines Gefäß mit Honig aus dem Sack. Es folgte ein Topf Pflaumenmus, ein Teller aus braunem Steingut, ein Geschirrtuch, fünf Kartoffeln, eine Zuckerrübe und ein halber Laib Brot. Genug für ein Festessen.

„Merci, du böser, böser Räubär!", säuselte Lothair beim Anblick all der Kostbarkeiten, schnappte sich den Laib, das Mus und den Honig, legte sich ein Brett über die Knie und begann, für uns alle Brote zu schmieren. In die Mitte des Pflaumenmusbelags machte er eine Kuhle und ließ kunstvoll den Honig hineinlaufen. Inmitten des braunen Muses bildete sich ein dicker, goldgelber Honigsee. Es sah köstlich aus und wir konnten kaum erwarten, dass Lothair die Brote verteilte.

„Mach voran, Junge", sagte Grimbert und versuchte, sich ein Brot von Lothairs Brett zu stibitzen.

Als Grimbert gerade zugreifen wollte, zog Lothair blitzschnell das Brett wieder zurück.

„Gib mir das verdammte Brot, du französischer Clown, sonst muss ich dir eine runterhaun", grollte Grimbert. Erstaunt über seinen unfreiwilligen Reim, schaute er in die Runde.

„Grimbert, Grimbert", sagte Lothair mit seiner normalen Männerstimme und lachte dröhnend. „Ich wusste es doch! In diesem groben Kerl steckt ein romantischer Dichter!“

Grimbert wurde rot.

„Na, kleiner Grimbär-Chéri, ärgern disch wieder alle?“, krähte Falko beim Anflug, nahm auf Grimberts Schulter Platz und schmiegte sich an seine Wange.

Da musste Grimbert so prustend lachen, dass Madame LaBouff erwachte, die sich ächzend in ihrem Schaukelstuhl aufrichtete, in die Runde blickte und fragte: „Essen fertig?“

Als das Feuer fast heruntergebrannt war und nur noch die rote Glut unsere Runde erleuchtete, holte Jolanda die Instrumente und verteilte sie. Grimbert bekam seine Trommeln, Oswaldo die Fiedel, Jolanda und ich nahmen die Schellen. Madame LaBouff sang mit Lothair im Duett, während wir anderen die Refrains übernahmen. Und wie so oft wieherte Burga bei einem ganz bestimmten Lied - das war unser gutes Omen! Froh und erleichtert, dass Burga ihren Einsatz nicht verpasst hatte, beendeten wir unser Beisammensein mit einem Kanon, den wir nacheinander anstimmten und mit einer letzten gemeinsamen Note ausklingen ließen.

Wir lauschten dem Nachhall des Schlusstons und spürten den Gefühlen nach, die dieses Lied bei jedem von uns auslöste: Sehnsucht, Liebe, Zusammengehörigkeit.

Als die Kirche des Dorfes zwölf Mal schlug, krochen wir zur Nachtruhe in unsere Schlafzelte, die aus Holzgestellen und Stoffbahnen bestanden. Im Grunde waren sie ein Elend. Im Sommer war es darin unerträglich heiß und wir schliefen oft im Freien. Im Winter froren wir in den Zelten und waren schon so manches Mal am Morgen unter einer dünnen Raureifdecke erwacht. Wenn es regnete, wurden wir nass und wenn es stürmte, flog uns das Gestänge um die Ohren. Dennoch hatten wir ein Männerzelt, ein Frauenzelt und ein Lothairzelt. Aber nicht etwa, weil Lothair sich nicht hätte entscheiden können, ob er beim Schlafen eher eine Frau oder ein Mann sein wollte, sondern weil Lothair beim Schlafen redete. Ein kurzer Satz hier und da oder ein kleines gemurmeltes Wort ab und an, hätte uns nicht weiter gestört, doch Lothair redete im Schlaf wie andere schnarchten. Mit seiner

Madame Schischi-Stimme. Und das war ganz sicher nicht auszuhalten!

Den Boden unseres Schlafzeltes bedeckte eine alte Decke, auf der unsere Strohsäcke lagen. Ich schlief stets zwischen Madame LaBouffs dicken, weichen und Jolandas mageren, zähen Körper gekuschelt. Die beiden umfingen mich wie ein Kokon und genau so hatte ich bis jetzt jeden Winter meines Lebens überlebt.

Doch heute war es warm und stickig im Zelt, so dass ich meine fadenscheinige Wolldecke und mein strohgefülltes Kissen nahm und es mir auf der winzigen Bühne bequem machte. Dort öffnete ich den Vorhang, weil ich beim Einschlafen an meinen liebsten Wunschtraum denken und dabei über die kleine Anhöhe ins Tal hinunterblicken wollte.

Vor langer Zeit hatte ich auf einem Jahrmarkt einem Mundwerker gelauscht. Der Mann war sonderbar und fremdartig gekleidet gewesen. Er hatte bunt gestreifte Pluderhosen und blaue Stoffschuhe getragen, deren Spitzen so weit nach oben umgebogen waren, dass sie sich wie Schnecken rollten.

Auf dem Kopf trug er einen Turban, mächtig wie ein Riesenkürbis. Der Mann erzählte den Zuhörern die wundersamsten Geschichten, die ich je gehört hatte. Während des Erzählens hatte der Mundwerker auf einem Kissen gesessen, groß wie zwei Mehlsäcke und hatte die Beine im Schneidersitz übereinandergeschlagen.

Eine seiner Geschichten hatte mich besonders beeindruckt, und ich stellte mir Abend für Abend vor, wie es wohl wäre, wenn ich das Kind aus dieser Erzählung wäre.

Und so ging die Sage:

Eine Königin bekam ein Kind. Doch das Kind wurde ihr geraubt und niemals wiedergefunden. Mit den Jahren wurde die Königin vor Kummer um ihr verlorenes Kind immer trauriger und trauriger. Der König ließ jedoch nichts unversucht, um seine Gemahlin aufzuheitern.

Eines Tages bestellte er eine Gruppe von Spielleuten, Sängern und Gaukler in sein Schloss. Auf dem Schlosshof wurde ein großes Fest veranstaltet. Die Sänger durften nur lustige Lieder singen, die Spielleute nur heitere Melodien spielen und die Gaukler nur komische Kunststücke aufführen. Dennoch war alle Mühe vergebens. Die Königin ließ sich von nichts aufheitern und niemand vermochte ihr dunkles Gemüt zu erhellen.

Doch da geschah es, dass die Königin eines zerlumpten und schmutzigen Kindes gewahr wurde. Es saß auf dem lehmigen Boden vor einem der Festzelte und zeichnete mit einem Stock in der Erde.

„Was zeichnest du?", fragte die Königin.

„Euch, Eure Majestät", erwiderte das Kind.

„Aber du zeichnest mich lachend", sagte die Königin und deutete auf ihr Antlitz im lehmigen Boden des Schlosshofes.

„Ja", sagte das Kind, „denn das tut Ihr gerade." Es zeigte auf das Gesicht der Königin.

Verdutzt fasste sich die Königin ins Gesicht und merkte, dass sie tatsächlich lächelte.

„Woher wusstest du, wie ich aussehe, wenn ich lächle?", fragte die Königin. „Ach", sagte das Kind, „ich stellte mir vor, dass Ihr zu mir gekommen wäret *und gefragt hättet: Kennst du ein Kind mit einem Mal in Form eines galoppierenden Pferdes auf der Wade? Dann hätte ich Euch meine Wade gezeigt und gesagt: Seht, ich selbst habe ein solches Mal. Daraufhin hättet Ihr gelächelt und gesagt: Dann musst du mein verlorenes Kind sein. Dieses Lachen habe ich gezeichnet, Eure Majestät."*

Daraufhin sank die Königin ohnmächtig auf den Boden nieder, weil ihr klargeworden war, dass sie ihre geraubte Tochter wiedergefunden hatte. Denn auch diese war durch ein Mal auf der Wade gezeichnet gewesen: Ein galoppierendes Pferd.

Die Königin und ihre Tochter verbrachten den Rest ihres Lebens gemeinsam und trennten sich nie wieder voneinander.

Ja, ich konnte jedes Wort der Geschichte auswendig. Ach, wäre ich doch nur dieses Mädchen! Doch leider hatte ich kein Mal. Nicht an der Wade und auch nirgendwo sonst am Körper. Außerdem war ich schließlich nicht geraubt, sondern ausgesetzt worden. Ich seufzte. Verlorene Königskinder gab es wohl doch nur in den verzauberten Welten der Geschichtenerzähler. Ich war und blieb ein Gauklerkind.

Und kaum hatte ich die Decke um mich gewickelt und meinen Kopf auf das knisternde Strohkissen gelegt, war ich auch schon eingeschlafen.

Kapitel 5
Manchmal muss es einfach raus

Als ich am nächsten Morgen aufwachte, herrschte im Lager bereits geschäftige Betriebsamkeit.

Ich streckte meinen Kopf zwischen den Zeltplanen hinaus (jemand musste mich heute Nacht ins Frauenzelt getragen haben) und sah, dass Grimbert, Oswaldo und Dix dabei waren, das Podium abzubauen. Von irgendwoher kam Falko angeflogen und setzte sich auf meinen Kopf, wo er sich prompt mit den Krallen in meinen Haaren verfing. Krächzend und zeternd versuchte er, wieder loszukommen. „Nun zerr doch nicht so, das ziept, du dussliger Vogel", schimpfte ich. „Wie oft habe ich dir schon gesagt, dass du nur dann auf meinem Kopf sitzen darfst, wenn ich meine Kappe aufhabe! Autsch, das tut weh!"

Ich rief Jolanda und sie nestelte mir behutsam die Krähe aus den Locken.

„Jolanda ist viel geduldiger als du", flötete Falko beleidigt.

„Da hörst du's Jolanda", sagte ich. „Nicht mal mein Vogel mag mich mehr." Meine Stimme zitterte ein wenig.

„Nanu", sagte Jolanda und hob mein Kinn. „Was hat mein Täubchen denn heute Morgen? Geht's dir nicht gut?"

„Doch, schon", sagte ich und holte tief Luft. „Ich weiß auch nicht, eben war ich noch gut gelaunt und schon könnte ich heulen."

Jolanda legte den Arm um mich und seufzte.

„Du wirst so schnell groß", sagte sie bedauernd. „Ich kann mich noch gut an die Zeit erinnern, als du mir gerade bis hier gingst." Jolanda deutete auf ihren Oberschenkel. „Du hingst mir oder Madame LaBouff den ganzen Tag am Rockzipfel und hast ununterbrochen ..."

„Jolanda-Maman, wer bin ich eigentlich?"

Jolanda hielt abrupt inne und wandte für einen kurzen Moment den Blick ab. Dann sah sie mir wieder in die Augen.

„Du bist du, Gilla", antwortete sie leise. „Du bist unser aller geliebtes Gilla Gauklerkind. Was soll denn diese Frage, Mädchen?"

Mir kamen die Tränen und ich wurde mit einem Mal von einer riesigen Wut erfasst. Ich wollte endlich eine Antwort. Und zwar Hier und Jetzt. Meine Stimme überschlug sich und ich wurde von meinen eigenen Schluchzern unterbrochen, doch ich brüllte aus Leibeskräften einfach los: „Ja, ja, ihr habt mir bestimmt schon tausend Mal gesagt, dass ihr nicht wisst, wer mich ausgesetzt hat. Aber für mich fühlt es sich an, als ob mir ein Stück von meinem Leben fehlt. Ich weiß gar nicht WER ICH BIN, zum Teufel noch mal!"

Nach meinem Ausbruch herrschte eine gespenstische Stille. Die Gespräche auf dem Lagerplatz waren verstummt, die Neckereien zwischen Lothair und Grimbert hatten aufgehört und Madame La-Bouff, die auf dem Weg in ihr Wahrsager-Zelt gewesen war, blieb wie festgenagelt stehen. Dix setzte sich auf einen Schemel und verbarg das Gesicht in seinen dünnen, schmutzigen Händen.

Alle starrten mich an. Betreten wich ich ihren Blicken aus und schämte mich plötzlich entsetzlich für meinen Gefühlsausbruch. Ich war doch kein kleines Kind mehr. Was war da eben bloß in mich gefahren? Was wollte ich eigentlich? Hier waren sie doch, meine Eltern. Sie hatten mich schließlich aufgenommen, als mich meine echte Mutter nicht mehr haben wollte. Was brachte es also, wenn ich wusste, wer sie war?

„Tut mir leid", murmelte ich.

„ES TUT IHR LEID!", krähte Falko noch mal lautstark, damit es auch wirklich alle hören konnten. „Es ist ihr peinlich und sie weiß auch nicht, was in sie gefahren ist. Und alles nur, weil ich ihr heute Morgen die Frisur versaut habe."

Ich drehte mich um und verschwand in unserem Schlafzelt. Dort warf ich mich auf den Strohsack und weinte mich gründlich aus.

Doch niemand kam, um mich zu trösten. Bei uns Gauklern war man nur für sich alleine traurig. Ich hatte früh gelernt, tapfer zu sein und die Zähne zusammenzubeißen. Niemand aus unserer Gruppe redete gerne über seine Vergangenheit. Was geschehen war, war geschehen und ging niemanden etwas an. Trotzdem hatte ich den Eindruck, dass keiner verstehen konnte, wie es war, überhaupt keine Vergangenheit zu haben! Vielleicht war es das, was mich so durcheinanderbrachte.

Nach einer Weile wischte ich mir die Tränen aus dem Gesicht und steckte das Federmäppchen in meine Westentasche. Jetzt, wo mein morgendlicher Aufstand sich wieder gelegt hatte, spürte ich einen Bärenhunger und freute mich auf die Hafergrütze. Ich atmete tief durch, trat schwungvoll aus dem Zelt und rannte direkt in Lothair hinein.

„Uff, mon djö", keuchte er.

„Entschuldigung, Maman", sagte ich.

„Wieder gut?", fragte Lothair. „Manchmal muss es raus, stimmt's?"

„Ja", meinte ich zerknirscht.

„Es wird sich fügen", versicherte Lothair. „Du wirst schon sehen."

Am Lagerfeuer füllte ich für Lothair und mich zwei Näpfe mit klebrigem Haferbrei und streute ein wenig Salz darüber. Der Tee war heiß und schmeckte scharf und würzig.

„Frischer Pfefferminztee", sagte ich anerkennend. „Jolanda wird noch zu einer richtigen Gourmetköchin!"

„Gourmetköchin", wiederholte Lothair kopfschüttelnd, „was du für Wörter kennst! Ach, apropos Wörter, Oswaldo meinte vorhin seeehr
freundlich, dass sich die Schreibstube nicht von alleine führen würde ..."

„Apropos", sagte ich ebenfalls kopfschüttelnd,
„was du für Wörter kennst!"

Hastig schaufelte ich den faden Brei in mich
hinein
und
machte
mich auf
den Weg in die
Schreib-
stube. Im
Vorbeigehen
sah ich, dass Madame LaBouff in ihrem Zelt schon
Kundschaft hatte und geheimnisvoll mit ihrem Flaschenorakel hantierte. Vor meinem Schreibzelt
warteten bereits zwei Bürger. Voller Vorfreude
setzte ich mich an den Tisch und sagte hoheitsvoll:

„Tretet ein, bitteschön. Was ist Euer Begehr?“, und machte mich an die Arbeit.

Nach einer Weile bemerkte ich, dass ich nur noch acht Bogen Papier übrighatte. Ich durfte nicht vergessen, im nächsten Kloster welches zu kaufen. Man bekam diese Kostbarkeit auch direkt bei den großen Papiermühlen, aber die lagen zu weit verstreut im Land. Wann immer wir in die Nähe eines Klosters kamen, fragte ich bei den Mönchen in der Schreibstube nach Papier oder Pergament. In einem dieser Klöster hatte ich auch Lesen und Schreiben gelernt. Gauklerkinder gingen nicht zur Schule, weil wir immer nur wenige Tage an einem Ort blieben. Irgendwann hatte Dix meinen Unmut darüber nicht mehr ausgehalten und zusammen mit Oswaldo einen Plan ersonnen.

Der Große Oswaldo ging zum Vorsteher des Klosters Maienfeld zu Buchingen und bat ihn darum, mich von den Ordensbrüdern unterrichten zu lassen. Es kostete Oswaldo die gesamten Einnahmen dreier Abendvorstellungen, aber es sollte sich gelohnt haben: Innerhalb einer Woche hatte ich das Alphabet gelernt. Es war die schönste Woche meines Lebens gewesen!

Mit Bruder Anselm in der dunklen, kühlen Schreibstube zu sitzen, umgeben von Hunderten Büchern in kostbaren Ledereinbänden, dem Geruch der brennenden Kerzen, der konzentrierten Ruhe der anderen Brüder beim Schreiben, dem Klosteralltag mit den immer gleichen Abläufen und Ritualen ... abends war ich glücklich und vollgestopft mit neuem Wissen nach Hause ins Lager gerannt. Ich liebte meinen Lehrer. Bruder Anselm trug seine grobe, braune Kutte mit dem Seil um den Bauch, stolz wie ein Königsgewand und hatte immer gute

Laune. Er erlaubte sogar, dass mich Falko beglei-
tete. Und wann immer wir eine Verschnaufpause
vom Arbeiten brauchten, gab ich eine kleine Vorstellung. Mehr als einmal betrat der Klostervorste-
her erzürnt die Schreibstube und mahnte uns zur
Ruhe, denn noch nie hatten die Mönche bei ihrer
Arbeit so viel gelacht!

Während ich mühsam erlernte, die krakeligen
Schnörkel zu schreiben und einen Sinn in ihnen zu
erkennen, schrieb Bruder Anselm Texte aus der
Klosterbibliothek ab, die er mir schenkte, um darin
zu lesen.

Zum Abschied gab mir Bruder Anselm ein Emp-
fehlungsschreiben, das er mit dem Siegel des Klosters versah. Wo immer wir Gaukler uns befanden,
machte ich mich mit dem wertvollen Dokument
auf den Weg zum nächstgelegenen Kloster, um mir
Papiernachschub zu besorgen.

Hier, in meiner eigenen Schreibstube, bereitete
es mir immer besonderes Vergnügen, die Auftrags-
arbeiten der Leute zum Schluss noch etwas zu ver-
zieren. Der junge Mann, dem ich gerade ein Gedicht für seine Verlobte geschrieben hatte, machte
große Augen und nickte anerkennend:

„Sieht ganz ansehnlich aus, Junge."

„Es wird deinem Schatz gefallen", flötete Falko, der auf dem Tisch herumtapste. „Mpf, mpf, mpf", küsste er in die Luft.

„Danke, Junge", sagte der Mann und zahlte hastig.

Ich wartete eine Weile ab, und als niemand weiteres meine Dienste in Anspruch nehmen wollte, packte ich meine Sachen zusammen und trat hinaus.

Unser Lager war bis auf das Schreibzelt abgebaut. Burga stand angeschirrt vor dem Lastkarren, zupfte gelangweilt an den Grashalmen und peitschte mit dem Schwanz nach den Fliegen. Es waren ein paar Wolken vor die Sonne gezogen und ein leichter Wind wehte.

„Gutes Reisewetter, was?", rief Oswaldo und winkte mir zu.

Ich ging zu ihm und streichelte Burga am Hals. „Darf ich heute auch mal auf den Kutschbock?"

„Ja, wenn wir von der

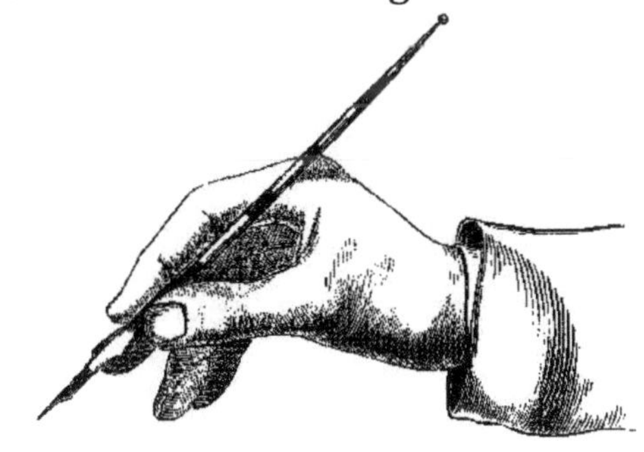

Anhöhe runter sind und der Weg wieder ebener wird", antwortete er und schnalzte mit der Zunge.

Burga setzte sich schwerfällig in Bewegung, während Jolanda und Dix von hinten anschoben. Grimbert ließ polternd das Gestänge des Schreibzelts auf den Wagen fallen, wickelte die Stoffbahnen zusammen und stopfte sie in die Lücken zwischen das Gerümpel.

„Mon djö", seufzte Lothair. „Du grober Holzwurm, wie oft habe ich dir schon gesagt, dass der Stoff entsetzlich knittert, wenn du ihn so zusammenknüllst. Wie sehen die Zelte denn dann aus?"

„Zerknittert?", erwiderte Grimbert.

„Genau", erwiderte Lothair und versuchte, den Stoff wieder vom Wagen zu zerren.

Doch das Fuhrwerk hatte sich schon in Bewegung gesetzt und verließ rumpelnd den Lagerplatz. Lothair stöckelte armefuchtelnd und sehr undamenhaft fluchend hinterher.

Grimbert klopfte ihm lachend auf die Schulter.

„Beruhige dich, Junge, und nimm eine Prise Tabak wie ein echter Mann."

Grimbert klopfte sich aus einer kleinen Dose etwas dunkelbraunes Pulver auf den Handrücken und schniefte es geräuschvoll ein. Als er wieder aufblickte, hatte er braun verschmierte Nasenlöcher. Lothair sah ihn entsetzt an, schüttelte angeekelt den Kopf und sagte:

„Grimbär, aus dir wird nie eine feine Dame.“

Da huschte selbst über Dix' Gesicht ein Grinsen.

Kapitel 6
Aufbruch und Entscheidung

So zogen wir also los. Der Große Oswaldo saß auf dem Kutschbock, neben ihm Madame LaBouff, die sogleich in den höchsten Tönen zu singen begann. Auf beiden Seiten des bedenklich schief beladenen Fuhrwerks liefen Lothair, Grimbert, Jolanda und Dix und achteten darauf, dass die Ladung nicht ins Rutschen geriet.

Ganz oben drauf thronte der Käfig mit unseren Hennen Gack und Gock, die bei jeder Bewegung mit den Flügeln schlugen und panisch gackerten. Falko setzte sich aufs Käfigdach. Dann beugte er sich so hinunter, dass es aussah, als ob er im Käfig nach dem Rechten sehen wolle.

„Nun hört mir mal gut zu, ihr verrückten Hühner. Wenn ihr nicht im Kochtopf landen wollt, solltet ihr aufhören, so laut herum zu kreischen", ermahnte er sie.

Gack und Gock verstummten beleidigt.

„Na bitte, die Damen, geht doch", krächzte Falko zufrieden und begann, sein Gefieder zu putzen.

„Pruhh, pruhh", machten die Hühner leise.

Falko hackte mit seinem Schnabel zwei Mal kräftig auf den Käfigdeckel.

„Schnäbel halten!"

Gack und Gock hielten die Schnäbel.

„Bravo Falko", sagte Jolanda und warf ihm eine Kusshand zu.

„Pf", meinte Grimbert, „die alte Krähe bekommt einen Kuss. Und was bekomme ich, wenn ich Lothair zum Schweigen bringe?"

„Einen Schlag auf den Kopf", antwortete Lothair und wischte Grimbert von hinten die Mütze herunter.

„He!", rief Grimbert.

„Auf einen Kuss von mir kannst du warten, bis man auf dem Mond spazieren gehen kann", sagte Jolanda und Grimbert seufzte.

„Also nie im Leben", sagte er bedauernd und schaute Jolanda tief in die Augen.

„Niemals nie, nicht in diesem Leben und nicht in irgendeinem anderen", bestätigte Jolanda.

Ich bildete wie stets die Nachhut. Erstens konnte ich so die Sachen einsammeln, die uns andauernd vom Wagen fielen, und zweitens konnte ich beim Laufen lesen. Ich hatte einen der kostbaren Abschriebe von Bruder Anselm hinten auf den Karren gelegt und studierte darin.

Meist marschierten wir bis Sonnenuntergang. Wir versuchten, an einem Tag so viel Abstand zwischen die Auftrittsorte zu legen, wie wir nur konnten. Das hatte Madame LaBouff eingeführt. Sie wurde nervös und ungeduldig, wenn wir unsere Kreise zu eng zogen. Vielleicht hatte sie Angst davor, in einem Dorf jemandem zu begegnen, dem sie schon einmal eine falsche Zukunft flaschenorakelt hatte.

Nachdem wir einige Stunden gewandert waren und Madame LaBouff auf dem Kutschbock eingenickt war, wobei sie Oswaldo beinahe unter sich begrub, machten wir endlich Rast.

Wenn man sich auskannte, hielt der Sommerwald allerlei Köstlichkeiten bereit: Ich pflückte büschelweise würzig duftenden Bärlauch, dessen Blätter schon langsam gelb wurden, Sauerampfer und Labkraut.

Unter einer Ansammlung von Birken fand ich sogar eine ganze Gruppe von Birkenpilzen. Vorsichtig drehte ich sie aus dem Boden und legte sie in meine Kappe. Jolanda hatte bereits Steine zu einem Kreis gelegt und ein Feuer entfacht. Sie stellte eine verbeulte Pfanne darüber und briet ein wenig Speck an. Weiß der Himmel, wo sie den versteckt gehalten hatte. Sie grinste in die Runde, als sie unsere erstaunten Blicke bemerkte. Dann schwenkte sie meine Pilze in dem würzigen Fett und schmeckte sie mit ein wenig Salz und jeder Menge Bärlauch ab.

Zum Schluss gab sie den frischen Sauerampfer über die Mischung. Ein herrlicher Geruch nach Knoblauch verbreitete sich.

Grimbert hatte bergeweise Linden,- Rotbuchen,- und Birkenblätter abgezupft, die er mit etwas Salz und Wiesenkerbel in einer großen Holzschüssel anrichtete.

„Pilzpfanne à la Jolanda", sagte Jolanda und verteilte die Portionen in unsere abgestoßenen Näpfe.

„Wald- und Wiesensalat à la Grimbert", sagte Grimbert und reichte die Schüssel herum.

Lothair streute Kleeblüten und Gänseblümchen über unser Essen. Hübscher konnte ein Mittagsmahl gar nicht aussehen!

Dix hatte einen vergessenen Wintervorrat an Haselnüssen, Bucheckern und Eicheln entdeckt und knackte die Nüsse auf einem Stein. Lothair vermischte Waldbeeren mit dem restlichen Honig und zauberte so einen Nachtisch, der einem das Wasser im Munde zusammenlaufen ließ. Jolanda nutzte die glühend heiße Pfanne, um darin zunächst die Haselnüsse und danach die Bucheckern und Eicheln zu bräunen. Die Erwachsenen waren

wild auf dieses komische, braune Gebräu, wozu sie
erst die fast schwarz gerösteten Eicheln
und Bucheckern mahlten und dann das
Mehl mit heißem Wasser auf-
brühten. Scheußlich und gal-
lebitter, das Zeug.

Nach dem Essen legte
ich mich ins Gras zu-
rück, blickte in den Him-
mel und schaute den vorbeiziehenden Wolken
nach. Gack und Gock machten zufriedene Hühner-
geräusche. Lothair summte eine Melodie, Grimbert
schnitzte, Madame LaBouff machte ein Verdau-
ungsschläfchen und Oswaldo unterhielt sich leise
mit Dix. In solchen Momenten liebte ich unser Va-
gabundenleben und das Einzige, was ich ver-
misste, war eine Freundin, mit der ich mein Glück
hätte teilen können.

Viel zu schnell drängte Oswaldo zum Aufbruch.
Eilig rannte ich in den Wald, um vor der Weiter-
fahrt noch rasch zu pinkeln. „Wirst schon sehen“,
wisperte ein Waldhorch aus dem Gebüsch. „Wirst
schon sehen, wirst schon sehen.“

„Verschwinde", fauchte ich.

Waldhorche tauchten immer genau dann auf, wenn man sie am wenigsten gebrauchen konnte.

„Nee, nee, nee, nee, nee", sagte der Waldhorch.

„Was werde ich sehen?", fauchte ich, denn Waldhorche gaben erst auf, wenn man sie nach einer Antwort gefragt hatte.

„Das wirst du dann sehen", sagte er und verschwand.

„Von mir aus …", murmelte ich und lief zu den anderen zurück. In meinem Bauch war ein seltsames Gefühl. Waldhorche gaben immer völlig unsinnige Sachen von sich, aber im Nachhinein hatten sie stets mit irgendetwas recht … Ich hasste diese Biester.

Nach ein paar Stunden kamen wir nur noch schleppend voran. Burga hatte wieder angefangen zu lahmen und konnte den schweren Wagen kaum noch ziehen. Da wurde es wohl schon wieder nichts mit meiner Fahrt auf dem Kutschbock.

Wir schirrten Burga ab und ich führte sie am Zügel neben unserer Gruppe her. Falko saß auf ihrem Rücken und kommentierte die Situation.

„Lahmer Gaul", sagte er herzlos. „Wir werden dich zum Pferdemetzger bringen müssen."

„Falko", rief ich entrüstet, „mach Burga keine Angst! Nein, Pferdchen, wir werden dich doch nicht aufessen. Vor dir wird die neunmalkluge Krähe dran glauben müssen."

Falko ergriff zeternd die Flucht.

„An dir ist eh nichts dran außer Federn und Knochen", rief ich ihm zu, „du kannst also wieder zurückkommen."

„Mit dir rede ich kein Wort mehr", krähte Falko, während er über meinem Kopf hin und her flatterte.

„Na, das werden wir ja sehen", antwortete ich lachend.

Schon bald mussten wir uns eingestehen, dass wir unsere geplante Strecke nicht schaffen würden. Der Weg wurde holprig und wir konnten den Wagen nicht mehr lange aus eigener Kraft fortbewegen.

Als wir aus dem Wald traten, standen wir auf einem Plateau, von dem aus man einen guten Blick über die Gegend hatte.

In einer Senke, eingefasst von Weinbergen, lag eine Grafschaft in der frühen Abendsonne. Man sah eine Ansammlung von Häusern, Gärten, Weiden, eine Kirche und ein kleines Schloss. Auf einem nahen Hügel lag in den Reben die Ruine einer verlassenen Burg. Auf seltsame Weise berührte mich die friedliche Ruhe des Anblicks. Ja, dieses idyllische Dorf schien mich richtig anzuziehen. Mit einem Mal wusste ich, dass ich genau hier bleiben wollte. Doch noch bevor ich meine Meinung kundtun konnte, kam mir Madame LaBouff bevor. Mein Herz begann zu rasen, als ich hörte, was sie uns zu sagen hatte.

„Zu nah", bestimmte sie und schüttelte entschlossen den Kopf.

Oswaldo schaute seine Frau ratlos an. „Aber nein, Liebchen", sagte er.

„Doch, wir ziehen weiter, sofort", erwiderte Madame LaBouff drängend. „Los, los, los. Die Straße wird besser und da hinten ist eine große Stadt. Seht ihr die Türme der großen Kirche? Das muss ein Münster sein."

Sie deutete mit ausgestrecktem Zeigefinger hektisch in die Ferne. „Dort ziehen wir hin. Wegen Burga werden wir länger pausieren müssen. In einer Münsterstadt lässt sich der eine oder andere Gulden mehr verdienen als hier in diesem verschlafenen Nest."

„Madame LaBouff hat recht", bestätigte Lothair und rieb sich die Füße. „Eine kleine Grafschaft bringt uns höchstens eine Vorstellung. Außerdem ist mein Lippenrot fast leer, ich brauche neues."

„Aber …", rief ich.

„Still. Wir! Gehen! Weiter!", befahl Madame LaBouff. Sie begann vor lauter Aufregung hektisch ein und aus zu atmen. „Hier werde ich nicht bleiben", japste sie, ergriff den Arm von Oswaldo, beugte sich zu ihm hinunter und schaute ihm tief in die Augen. „Dieser Ort heißt Ortenbach. ORTENBACH, verstehst du denn nicht, Holzkopf? WIR WERDEN HIER VERSCHWINDEN", zischte sie und funkelte ihn wütend an. „Und zwar AUF DER STELLE!“

„Ja“, sagte Dix leise.

Wir warfen einander erstaunte Blicke zu. Erstens hatte Dix sich an solchen Diskussionen noch nie beteiligt und zweitens hatten wir Madame LaBouff noch nie so erregt erlebt. Normalerweise war sie friedlich wie ein Lämmchen. Doch Oswaldo schien nicht vorzuhaben, einfach nachzugeben. Er rang mit sich, während Madame LaBouff ihn mit an-griffslustig gerafften Röcken beobachtete.

„Wirst du dich nun bald für das Richtige entschei-den, bevor es zu spät ist?“, rief sie.

Warum machten die beiden bloß ein solches The-ater um die Entscheidung, ob wir hier unser Lager aufschla-gen oder die Nacht durchmar-schieren sollten? Wir hatten schon hun-derte Male

vor solchen Fragen gestanden und sie immer recht schnell und einvernehmlich geklärt. Ich fand, es war höchste Zeit, auch etwas zu sagen.

„Burga kann nicht weiter, was gibt es da noch lange nachzudenken?", mischte ich mich ein, wenn es sonst schon keiner tat.

Da drehte sich Madame LaBouff langsam zu mir um und ich erahnte in ihrem Blick eine so tiefe Traurigkeit, wie ich sie noch nie gesehen hatte.

„Maman, was ist mit dir?", fragte ich erschrocken und schlang meine Arme um sie. Wir umarmten uns selten, aber in diesem Augenblick musste es sein. „Du siehst so traurig aus. Hier ist es doch schön und die stinkende Stadt läuft uns schon nicht davon."

„Gilla-Mädchen", antwortete Madame LaBouff, löste meine Arme von ihrem Körper und schob mich ein Stückchen von sich weg. „Das verstehst du nicht."

Ich verstand es tatsächlich nicht. Und dass sie mich so von sich wegschob, gab mir einen Stich in den Bauch. Ich krümmte mich leicht zusammen und stützte mich am Wagen ab. Warum nur war

Maman stets darauf bedacht, mir nicht zu nahe zu sein?

Plötzlich war mir, als hätte ich in diesem Lager nur einen einzigen echten Freund: Falko. Und der kam gerade im richtigen Moment angeflattert.

„Gilla-Mädchen, wer wird denn hier Trübsal blasen?", krächzte er leise.

„Ach Falko", flüsterte ich. „Etwas Seltsames geht vor. Mein Herz tut weh, Madame LaBouff ist traurig, Lothair versucht uns abzulenken, Grimbert und Jolanda sind irgendwie komisch still, Dix hat was gesagt und Oswaldo benimmt sich wie ein … wie ein …"

„… ein feiger Angsthase, sprich es nur aus, Gilla", sagte Oswaldo mit müder Stimme.

Er legte mir kurz seine Hand auf den Arm und wandte sich dann an die Gruppe.

„Wir bleiben hier, Gilla hat recht. Verzeiht, ich weiß nicht, was in Madame LaBouff und mich gefahren ist. Vergessen wir es einfach." Er klatschte wie üblich in die Hände und schnalzte mit der Zunge.

„Jeppa!", jubelte ich leise.

Ich sah Maman resigniert nicken und sich rasch bekreuzigen. Das hatte sie ja noch nie getan! Mir kam es ganz so vor, als würde sie sich in irgendeine Art Schicksal fügen. Bei diesem Gedanken kroch mir ein Kribbeln durch den Körper. Ich nahm mir fest vor, hinter Madame LaBouffs und Oswaldos Geheimnis zu kommen. Was wollten sie nur vor uns verbergen?

Mit vereinten Kräften schoben wir das Fuhrwerk an. Für den Abstieg ins Dorf mussten wir Burga trotz ihrer Schmerzen nochmals anschirren, denn der Fahrweg schlängelte sich ziemlich steil durch die Weinberge. Ich konnte es mir nicht verkneifen, im Schutze des Karrens eine Traube abzupflücken. Sie war winzig klein, unreif und so sauer, dass es mich schüttelte. Aber das tat meiner guten Stimmung keinen Abbruch.

Auf dem Weg zum Dorf trafen wir einige Bewohner, die mit geschulterten Arbeitsgeräten auf dem Heimweg waren und wir winkten ihnen freundlich zu. Schon bald konnten wir hören, wie der Ruf: „Die Gaukler kommen, die Gaukler kommen!" frohgemut und aufgeregt von einem zum anderen weitergetragen wurde. Ein kleiner Junge kam angerannt und tapste eine kurze Zeit neben uns her.

„Geh und frag den Dorfmeister, wo wir unser Lager aufschlagen dürfen", sagte Oswaldo und gab dem Jungen ein Geldstück. Wie der Blitz raste der Kleine ins Dorf voraus, um Oswaldos Bitte nachzukommen.

Je näher wir den Häusern kamen, desto mehr Kirschbäume waren zu sehen. Die roten Früchte riefen so laut ‚Iss mich, iss mich', dass ich nicht vorhatte zu widerstehen. Doch Oswaldo durchschaute meinen Plan, kaum dass ich versucht hatte, heimlich meine Hand nach einem Ast auszustrecken.

„Gilla, nein", rief er. „Kauf dir welche."

Er griff in seine Hosentasche und warf auch mir eine Münze zu. Ich fing sie auf und schaute mich um, ob ich irgendwo jemanden entdecken konnte.

Da, dieser Baum wurde gerade geerntet. Ich reichte der Bäuerin mein Geld und hielt ihr meine Kappe hin, damit sie zwei Hände voll Kirschen hineingeben konnte.

„Habt Dank, Frau", sagte ich.

Ich reichte Falko eine Kirsche und hängte mir an jedes Ohr einen Zwilling. Dann steckte ich mir eine in den Mund und ließ den Stiel heraushängen. Als ich es nicht mehr aushielt, zupfte ich ihn ab und genoss den ersten kleinen Tropfen Saft, bevor ich sie zerbiss. Den blankgelutschten Kirschkern spuckte ich soweit ich konnte.

Entlang des Weges begannen nun auch die Apfelplantagen, die sich Reihe um Reihe in die Landschaft erstreckten. Grasgrün hingen die winzigen Äpfelchen in der untergehenden Sonne. Die Vögel zwitscherten ihr Abendkonzert und vom Dorfweiher erklang das dunkle Quaken der Ochsenfrösche.

Ich atmete tief durch und sog die friedliche Stimmung in mich auf. So musste es sich anfühlen, nach Hause zu kommen ...

„Die Schlosswiese", rief der Kleine uns entgegen. „Die Schlosswiese, da hinten, beim Grafen", erklärt er und flitzte davon.

Die Schlosswiese lag ein Stück vom gräflichen Anwesen entfernt und entpuppte sich als Teil des mit mächtigen Bäumen bewachsenen Schlossparks. Das Gras war erst vor kurzem geschnitten worden und duftete frisch und grün. Die langen

Halme lagen zum Trocknen auf mehreren Handkarren. Ein kleiner Bach sprudelte am Rande der Wiese entlang. Weiter hinten ging sie in eine Weide über, auf der ich lange, gepflegte Gatterzäune erkennen konnte.

„Pferde", sagte ich erfreut zu Falko. „Bestimmt hat der Graf hier seine Pferde. Schön für Burga, da kann sie ein wenig plaudern, während sie zu Kräften kommt."

„Hoffentlich weiß Burga sich auch zu benehmen", krächzte Falko frech. „Na, Mädchen, mit gräflichen Pferden muss man fein und höflich reden. Wie Madame Schischi."

In Windeseile bauten wir unsere Zelte und die kleine Bühne auf. Es hatte sich für uns Gaukler bewährt, die Gastfreundschaft eines Dorfes nie zu lange ohne einen Auftritt zu strapazieren. Denn so herzlich uns die Leute willkommen hießen, so schnell wurden sie uns auch gerne wieder los. Und wie es aussah, mussten wir uns Burga zuliebe für mindestens zwei Tage hier einquartieren. Mit den letzten Abendsonnenstrahlen war die Arbeit geschafft. Die Bühne stand, der Wimpel wehte und die Requisiten für den Auftritt lagen bereit. Es schien alles perfekt.

Bis auf eines: Dix, der Dieb, war verschwunden.

Kapitel 7
Dix, der Dieb, stiehlt sich da-
von

Zunächst war die Tatsache, dass Dix für einige Zeit untertauchte gar nicht weiter ungewöhnlich.

Wir alle profitierten von den Sachen, die er auf seinen Ausflügen ‚fand'. Dix fiel sowieso kaum auf, das lag in seiner Natur. Er sprach wenig und lachte so gut wie nie. Manchmal kam er mir vor wie ein Gespenst, das nur hin und wieder zur Geisterstunde um uns herum spukte.

Doch jetzt war es anders. Dix war weg, richtig weg. Wenn er verschwand, waren wir nämlich nie beunruhigt, weil wir wussten, er würde zurückkommen. Aber mein Gefühl sagte mir dieses Mal etwas anderes.

Ich rannte zu Oswaldo.

„Dix ist weg, ich kann es ganz deutlich spüren."

Oswaldo nickte. „Ich auch", sagte er und ich wusste, dass es keinen Sinn hatte, ihm bohrende Fragen zu stellen. Stattdessen lief ich zu Jolanda, um sie nach ihrer Meinung zu fragen.

„Jolanda, warum ist Dix weg?"

„Sachen finden, nehme ich an", antwortete sie.

„Nein, er ist weg, richtig weg", sagte ich drängend.

Jolanda zögerte.

„Er wird seine Gründe haben", meinte sie und zuckte unbestimmt die Achseln.

Wenn jemand unsere Gruppe verlassen wollte, feierten wir in der Regel ein gemeinsames Abschiedsfest. Das letzte Fest, an das ich mich erinnern konnte, hatten wir für Angelika gegeben. Sie war unsere Schlangenfrau gewesen und konnte sich so verbiegen, dass uns schon beim Zusehen alles wehtat. Sie war, sozusagen von der Bühne weg, von einem freundlichen Krämer geheiratet worden.

Bisher war es noch nie vorgekommen, dass jemand einfach so verschwand, ohne Lebewohl zu sagen.

„Sag doch auch mal was", maulte ich Falko an, der sich die ganze Zeit schweigend auf meiner Schulter herumtragen ließ.

„Krah!", sagte Falko und ich seufzte. Ich traf Madame LaBouff, die ihren Schaukelstuhl gereizt in die Nähe des Lagerfeuers zerrte. Ich half ihr beim Tragen und teilte ihr nebenbei meine neueste Erkenntnis über das Verschwinden von Dix mit.

„Gilla-Mädchen, wie wunderbar", sagte Madame LaBouff entgegen meinen Erwartungen erleichtert und ihr Gesicht hellte sich auf. Sie ließ sich ächzend in den Schaukelstuhl fallen. „Weißt du, vielleicht ist die Sache damit erledigt." Zufrieden schloss Maman die Augen.

„Aaarrrhhh", grollte ich und stapfte davon. „Sollen sie doch an ihren Geheimnissen ersticken", schimpfte ich und lief auf das Gatter der Pferdeweide zu. „Stell dir nur mal vor, wir beide würden einfach so verschwinden! Allen wäre es egal!"

„Sü würd ühre Gründe haben ...", flötete Falko mit Madame LaBouffs Stimme.

„So geht man doch nicht miteinander um, oder?"
Falko dachte nach.

„Dix, der Dieb, hat sich davongestohlen", antwortete er dann. „Das tun gute Diebe nun mal."

„Aber er hätte sich wenigstens verabschieden können", sagte ich, erklomm das Gatter und schluckte die aufkommenden Tränen hinunter.

Ich konnte mir auch nicht erklären, warum mich die Sache so mitnahm. Dix und ich waren keine allerbesten Freunde und doch schien mich etwas mit ihm zu verbinden.

Von meinem Beobachtungsposten starrte ich missmutig auf unser Lager. Für einen dieser seltenen

Momente verstummte plötzlich gleichzeitig das Gequakte der Frösche und das Sirren der Grillen. Doch da unterbrach ein Geräusch die seltene Stille.

„Pst", machte eine Stimme hinter mir und ich konnte mich in letzter Sekunde abfangen, um nicht vom Gatter zu plumpsen. Falko flatterte keifend auf.

„Ich bin's nur", flüsterte Dix.

„Hast du mich erschreckt, ich habe dich gar nicht kommen hören!"

„Was tust du hier?", fragte Dix.

„Was tust du hier?", fragte ich zurück.

„Ich wollte dir Lebewohl sagen", antwortete Dix.

„Und ich bin hier, weil ich sauer bin, dass du mir nicht Lebewohl gesagt hast", sagte ich. „Dix, was geht hier vor?" Wieso haben Oswaldo und Madame LaBouff vorhin so ein Theater gemacht. Und warum willst du uns verlassen?"

Dix knetete seine langen Finger. „Weil alle nur dein Bestes wollen und weil alle in ihrer Vergangenheit Fehler gemacht haben", erklärte er. „Und jeder möchte die kleine Gilla vor den Folgen dieser Fehler bewahren." Er machte eine Pause und starrte über die Weide. „Aber das ist nun nicht mehr länger möglich und vielleicht auch nicht mehr länger gut. Die Zeit der Wahrheit ist gekommen. Eines Tages wirst du verstehen und verzeihen können, hörst du Gilla? Ich werde versuchen, so lange zu leben und so lange durchzuhalten. Und dann werde ich da sein. Nimm das hier und pass gut darauf auf. Du wirst wissen, wann der richtige Zeitpunkt gekommen ist, es vorzuzeigen. Erst dann wird es sich auch öffnen lassen. Und nun leb wohl, Gilla Gauklerkind."

Und noch bevor ich etwas erwidern konnte, hatte Dix mir eine kleine Schatulle in die Hand gedrückt und war verschwunden. Verschluckt von der Dämmerung und den Geräuschen einer Sommernacht auf dem Land. Ich starrte ihm sprachlos hinterher.

„Armer Dix", krächzte Falko. „Er hat gerade so viel geredet, dass er für den Rest seines Lebens wohl kaum mehr einen Satz übrighat. Nicht weinen, Gilla-Schatz", fügte er zärtlich hinzu. Verwirrt wischte ich mir mit der Hand übers Gesicht. Mit der anderen hielt ich die Schatulle fest umklammert. Was um Himmelswillen hatte Dix gesagt? Und was hatte er vor allem damit gemeint? All das hier sollte mit *mir* zu tun haben?

Doch ich kam nicht dazu, über Dix' seltsames Vermächtnis nachzudenken oder mir die Schachtel genauer anzusehen. Denn unser Lager wurde inzwischen vom Schein zahlloser Fackeln erhellt und Oswaldo war dabei, durch das Publikum zu staksen und seine üblichen Scherze zu machen, während die Leute Münzen in seine Beintaschen fallen ließen.

Ich steckte das kleine Kästchen rasch in meinen Beutel und rannte bedrückt zum Lager zurück. Für

den Rest des Abends zwang ich mich, nicht mehr an das Treffen mit Dix zu denken, obwohl die Schatulle wie Feuer in meiner Tasche brannte. Deswegen war ich froh, als Oswaldo Falko und mich endlich aufrief.

Ich stürmte auf die Bühne und begann, mich wie wild mit Falko zu unterhalten, nur um es rasch hinter mich zu bringen. Ich brachte die Leute zum Lachen und Falko bettelte wie immer mitleidig um ein paar Münzen. Gerade als ich mich bücken wollte, um sie aufzusammeln, sah ich, wie ein Mädchen ebenfalls einen Kreuzer auf die Bühne warf. Sie stand so weit vorne, dass ich ihr direkt ins Gesicht sehen konnte. Der Blick aus ihren blauen Augen traf mich wie ein Schlag.

Falko sah mich fragend an und machte mit dem Auftritt weiter.

„Oh", krähte er laut, „danke, tausend Dank für all die milden Gaben. Nun kann ich mich endlich freikaufen! Ade ihr Gaukler, ade ihr Dorfvolk, ade Wanderleben! Ich bin freeeiii!"

Daraufhin sauste Falko in die Kulissen, wo Grimbert wie wild mit einer kleinen Leckerei für ihn gewedelt hatte. Die Leute tobten vor Begeisterung und ich nahm den Applaus dankend entgegen. Doch in Wahrheit hatte ich nur Augen für das Mädchen vor der Bühne. Es war gekleidet wie ich mir eine Prinzessin vorstellte. Soweit ich erkennen konnte, trug sie ein hellblaues, langärmeliges Kleid. Die Enden der Ärmel hatten dunkel eingefasste Ränder und waren weit ausgeschnitten. Sie hingen wie Fahnen herab und flatterten, weil das Mädchen begeistert mit hoch erhobenen Armen klatschte. Unter der Haube blitzten rotblonde Haarsträhnen hervor und die Wangen schimmerten rosa in ihrem blassen Gesicht.

Ich rannte von der Bühne und trank so hastig etwas Wasser, dass ich mich verschluckte und schrecklich husten musste. Dann stützte ich meine Arme auf die Knie und atmete ein paar Mal tief durch, um bloß keinen Schluckauf zu bekommen.

Ich konnte es kaum erwarten, wieder aufzutreten.

Weil der Vorhang noch geschlossen und meine Nummer noch nicht angekündigt worden war, spickte ich durch den Schlitz in den Stoffbahnen und ließ meinen Blick suchend über die Menge schweifen. Das Mädchen stand nun etwas weiter von der Bühne entfernt und unterhielt sich mit einem vornehm gekleideten Herrn, der sich aufmerksam zu ihr herabbeugte. Seine Kleidung und sein Auftreten wirkten adelig.

„Der Graf, seine Gefolgsleute und seine Tochter", erklärte Grimbert, der die Fackeln bereitlegte und die kleine Feuerschale aufstellte.

Da bemerkte ich, dass meine Hände zitterten und mein Herz laut pochte. Was war nur mit mir los? Das war ganz und gar nicht das übliche Lampenfieber. Es musste etwas mit diesem Mädchen zu tun haben. Sie erinnerte mich an jemanden ... Ja, das war es. Irgendwie kam sie mir bekannt vor!

Doch da zog Jolanda auch schon den Vorhang auf. Noch nie war es mir so schwergefallen, mich zu konzentrieren, aber auf keinen Fall wollte ich mich ausgerechnet heute blamieren. Deshalb schloss ich die Augen, zählte langsam bis zwanzig und ... tat etwas vollkommen Blödes.

„Diese Darbietung ist für die Tochter des Grafen", rief ich und ließ die brennenden Fackeln kreisen.

„Da sieh mal an, der Gauklerbursche ist verliebt!", rief ein Zuschauer.

Ich hörte, die Leute lachen und mir wurde heiß vor Scham. Was hatte mich da eben nur geritten? Wie peinlich! Zum Glück musste ich mich auf meine Fackeln, Tücher und Eier konzentrieren und konnte es nicht riskieren, der Tochter des Grafen einen Blick zuzuwerfen. Bestimmt war sie empört über meine Ansage. Trotz meiner Verwirrung brachte ich den Auftritt einigermaßen anständig hinter mich und verließ danach fluchtartig die Bühne.

„Warum so eilig?", wisperte Grimbert und grinste von einem Ohr zum anderen. „Dem Mädchen hat's gefallen!"

Hastig drängte ich mich an ihm und Jolanda vorbei. Doch sie hielt mich am Arm fest und sagte: „Du warst fabelhaft, mach dir nichts aus dem dummen Geschwätz dieses kindischen Holzwurms, Gilla."

Dann gab sie mich frei und ich rannte los, um mir endlich ein einsames Plätzchen zu suchen. Beim Laufen schlug mir der Beutel mit Dix Schatulle gegen die Beine.

Kapitel 8
Madame LaBouff sagt: „Humpf"

Ich machte einen Abstecher zum Lagerfeuer und entzündete eine Kerze daran. Dann hob ich probeweise den Deckel der Truhe mit den Essensvorräten.

Sie war unverschlossen, ein schlechtes Zeichen. Denn dann konnte sich auch nichts Stehlenswertes darin befinden. Doch ich hatte solchen Hunger, dass ich mich auch mit einer Zwiebel zufriedengegeben hätte, deswegen klappte ich den Deckel ganz nach hinten um.

Und siehe da!

Ich hatte mich getäuscht.

In der Truhe lagen ein frischer Laib Brot, mehrere Handvoll Kirschen, ein Töpfchen Griebenschmalz mit Speck, zwei Pastinaken und ein frischer, weißer Labkäse, der in ein feuchtes Tuch gewickelt war. Dix hatte nicht nur mir ein Abschiedsgeschenk hinterlassen ...

„Den Kanten für mich!", freute sich Falko und flog mit dem Brot im Schnabel zum Frauenzelt voraus.

Ich säbelte mir eine Scheibe ab, bestrich sie fingerdick mit Schmalz und legte eine breite Scheibe des tropfenden Käses darauf. Dann teilte ich die Pastinake und knabberte sie gleich an Ort und Stelle, während ich noch ein paar Kirschen aus der Truhe nahm und alles in meinem Napf legte.

Im Frauenschlafzelt setzte ich mich im Schneidersitz auf die Strohsäcke, stellte Kerze und Napf neben mir auf den Boden und betrachtete in aller Ruhe Dix' Geschenk.

Das Kästchen war etwa so groß wie ein Apfel und sah aus, wie ich mir eine Schatztruhe vorstellte, nur in winzig. Rund um Deckel und Unterteil der kleinen Kiste liefen je zwei schmale, hübsch geschmiedete Eisenbänder, die sich vorne mittig trafen und in zwei Ösen endeten.

„Echte Schmiedekunst", stellte ich fest. „Das hat jemand extra anfertigen lassen."

„Krrr", machte Falko und pickte weiter.

Ich ließ meine Finger über die kühle Oberfläche der Eisenbänder gleiten. Doch das Schönste an der kleinen Holzkiste war der Verschluss. Durch die zusammenlaufenden Ösen führte ein so zierliches Schloss, wie ich es noch nie gesehen hatte. Es war nur etwa so groß wie der Nagel meines Zeigefingers. Und das Schlüsselloch erst! Es war winzig wie eine Wimper. Wie klitzeklein musste dann erst der Schlüssel sein. Aber wo war er überhaupt?

Doch wie ausführlich ich meinen Beutel auch durchsuchte, der Schlüssel ließ sich nicht auftreiben. Ich stülpte dic Tasche sogar nach außen und schüttelte sie kräftig aus. Aber der Schlüssel blieb verschwunden.

„Dix hat dir gar keinen Schlüssel gegeben", erinnerte mich Falko, der mit seinem Mahl fertig war und nun hungrig um meinen Vesperteller schlich.

„Könnte es nicht sein, dass der Schlüssel schon im Schloss gesteckt hat und einfach rausgefallen ist?", wollte ich wissen.

„Da war kein Schlüssel", krächzte er.

„Und wie kriege ich die Schatulle nun auf?" Sachte schüttelte ich sie und hörte ein leises Rascheln.

„Jedenfalls sind keine Edelsteine oder Diamanten drin", meinte Falko fachmännisch. „Die würden rappeln. Es ist eher etwas Leichtes."

„Stimmt, vielleicht eine Schatzkarte." Nachdenklich biss ich ins Brot.

Was hatte Dix noch gleich gesagt? Dass ich wissen würde, wann der richtige Zeitpunkt sei, die Schatulle vorzuzeigen. Erst dann würde ich sie auch aufkriegen, war es nicht so? Ich musste gähnen.

„Gut, wenn du meinst, habe ich eben noch ein wenig Geduld. Aber eines schönen Tages werde ich dich aufkriegen, das schwöre ich dir. Und wenn das, was da in dir raschelt, nur Sägespäne sind, wirst du zu Feuerholz, du Schachtel, du."

Dann verbarg ich meinen Schatz im Beutel und stopfte ihn zwischen Strohsack und Zeltplane. Ich beendete mein Mahl, löschte die Kerze und war im nächsten Augenblick fest eingeschlafen.

Als ich morgens erwachte, war ich allein im Zelt. Es war warm, denn die Sonne stand schon hoch am Himmel.

Verflucht, hatte ich etwa meine Schreibstunde verschlafen? Aber warum hatte mich denn niemand geweckt? Doch als ich einen Blick hinauswarf, fiel mir auf, dass weder mein Schreibzelt noch Madame LaBouffs Wahrsager-Zelt aufgebaut waren. Überhaupt schien das Lager ziemlich verlassen zu sein. Wo waren denn alle hin?

Ich schlüpfte in meine Weste und lief zur Feuerstelle hinüber. Im Laufen schlang ich mir meinen kostbaren Beutel um.

In einem Krug war noch ein Rest Kamillentee und auf einem Blechteller hatte jemand seine Portion Hafergrütze übriggelassen.

Während ich frühstückte, kam Madame LaBouff aus einem versteckten Winkel des Parks zurück. Ich zuckte die Achseln und deutete fragend auf das stille Lager.

„Sind alle auf dem Markt", beantwortete sie meine stumme Frage.

„Aha, kaum ist Dix nicht mehr bei uns, müssen wir wieder selber einkaufen gehen, was?", juxte ich. „Und warum fällt Schreiben und Flaschenorakeln heute aus?"

„Humpf", sagte Madame LaBouff.

Das sollte eine Antwort sein? Aber ich kannte Maman, wenn sie nicht wollte, konnte sie stur sein wie ein Esel. Madame LaBouff ließ sich in ihren Schaukelstuhl fallen und schloss die Augen.

„Maman, ich geh mich mal umsehen."

„Humpf", machte sie wieder.

Ich pfiff nach Falko und stapfte los. Als Erstes wollte ich nach Burga schauen. Sie stand etwas abseits und sah irgendwie missmutig aus.

„Burga, komm, ich bring dich zur Schlossweide, dann kannst du dich ein wenig mit den gräflichen Rössern unterhalten", schlug ich vor und klopfte ihr den Hals. „Die sind bestimmt noch nicht so weit rumgekommen wie du!"

Ich nahm Burga am Halfter und führte sie zum Bachlauf. Sachte drängte ich sie in das kühle Wasser.

„Komm schon, das tut deinem Bein gut", redete ich beruhigend auf sie ein.

Burga schnaubte und ließ sich ergeben durch den Bach führen. Nach einigen Schritten schien sie kaum mehr zu humpeln. Sie schlabberte hier einen Schluck Wasser und rupfte da an einem Büschel Sumpfdotterblumen. Nach einer Weile kamen wir an das Gatter, das den Schlosspark vom gräflichen Gestüt trennte.

Wie schön, es waren Pferde auf der Koppel! Ich führte Burga aus dem Bach und ließ sie grasen.

Dann kletterte ich auf den Zaun, setzte mich auf die oberste Latte, klemmte mir einen Halm zwischen die Lippen und beobachtete die Pferde. Es waren prächtige Tiere. Ich zählte drei Rappen, zwei Braune, zwei Falben und zwei Schimmel. Was für eine wunderschöne bunte Mischung.

Mir fiel auf, dass einer der beiden Schimmel in einem abgetrennten Viertel der Koppel stand. Ein Zaun aus Weidenruten separierte ihn von den anderen. Das Pferd schien darüber nicht erfreut, es wirkte fahrig und ungeduldig. Immer wieder schaute es zu den anderen hinüber, knabberte an den frischen Blättern, die am Weidenzaun austrieben, galoppierte dann urplötzlich mit hoch erhobenem Kopf los, wieherte und tänzelte nervös im Kreis.

„Komm, Falko, das schauen wir uns mal genauer an.“

Ich sprang auf der anderen Seite der Koppel zu Boden und lief zwischen den Pferden hindurch. Dann lehnte ich mich an den Weidenzaun, stellte einen Fuß darauf und unterhielt mich mit Falko, während ich den Schimmel beobachtete. Bei meinem Anblick hatte er sich wachsam zurückgezogen und starrte mich mit geblähten Nüstern an.

„Was hat er nur?“, fragte ich Falko.

„Angst, schätze ich“, krächzte Falko.

„Aber wovor denn?“

„Vor einfach allem vermutlich“, meinte Falko nach kurzem Nachdenken.

„Aber das wäre ja schrecklich!"

„Ja", erwiderte Falko. „Kein schönes Pferdeleben."

Ich ließ das Pferd nicht aus den Augen.

„Etwas muss diesem Prachtkerl zugestoßen sein, dass er so verstört ist."

„Ja, als er noch ein Fohlen war, hat ein Blitz in die Stallungen eingeschlagen. Ein fürchterliches Feuer wütete, und in der Panik hat er seine Mutter aus den Augen verloren", sagte eine Stimme hinter mir.

Erschrocken fuhr ich herum. Vertieft in meine Pferdebeobachtung hatte ich nicht mitbekommen, dass sich jemand genähert hatte. Als ich sah, wer es war, fühlte ich, dass ich rot wurde.

„Kein Grund sich für irgendetwas zu schämen", wisperte Falko.

Kapitel 9
Sturmvogel gähnt

„Oh ... Es tut mir leid wegen gestern Nacht. Was ich gesagt habe, muss dir fürchterlich peinlich gewesen sein", platzte ich stammelnd heraus und wusste nicht, wo ich hinschauen sollte. Da fiel mir ein, dass man die Tochter eines Grafen womöglich anders ansprach, und ich versuchte zu retten, was zu retten war.

„Ich bitte Euch um Entschuldigung, dass ich Euch von der Bühne aus angesprochen habe, ähm ... Jungfer? ... Fräulein? ... Hoheit? Gräfin?"

Konnte man sich eigentlich noch dämlicher anstellen? Aber leider kannte ich mich mit Kindern einfach nicht aus. Sie standen immer nur vor der Bühne und schauten uns zu. Aber richtig unterhalten hatte ich mich selten mit Gleichaltrigen. Und nun musste ich ein solches Gespräch ausgerechnet mit der Tochter des Grafen führen! Die mir außerdem irgendwie bekannt vorkam ... und noch dazu wunderschön aussah und ...

... gerade dabei war, in glockenhelles Gelächter auszubrechen. Ihr Lachen flirrte über die Wiese und ich konnte spüren, wie die Pferde erstaunt zu uns herübersahen. Ich hielt den Kopf einfach stur gesenkt, denn unerlaubterweise befand ich mich noch dazu ja auf der gräflichen Koppel.

„Irgendwem siehst du ähnlich, aber ich komm nicht drauf", sagte sie und legte den Kopf schief. „Du kommst mir irgendwie bekannt vor ..."

Stumm standen wir voreinander und starrten uns an. Ebenso wie ich noch nie ein so hübsches Mädchen gesehen hatte, hatte sie vermutlich noch nie ein so zerlumptes gesehen. Ich fühlte mich plötzlich furchtbar unwohl in meinen Sachen.

„Ich heiße Anna", brach das Mädchen unser Schweigen. „Anna, Comtesse von Schauburg-Weißenfels zu Ortenbach."

Ich versuchte sowas wie einen Knicks, den ich aus

Madame Schischis Auftritten kannte und sagte:
„Ich heiße Gilla. Gilla Gauklerkind."

Dann streckte ich ihr meine schmutzige Hand
entgegen und Anna ergriff sie. Erst im Nachhinein
fiel mir ein, dass ich bestimmt ihre weißen Spitzenhandschuhe beschmutzt hatte und es sich möglicherweise nicht gehörte, einer Comtesse die
Hand zu schütteln. Vielleicht wäre ein Handkuss
angemessen gewesen? Ich würde Lothair danach
fragen müssen.

„Sehr erfreut", sagte ich und lüpfte höflich meine
Kappe.

„Ich wusste eh, dass du kein Junge bist", rief
Anna, als meine schwarzen Locken über meinen
Rücken fielen. Eilig stopfte ich sie wieder unter die
Mütze und rückte diese am Schirm zurecht.

Da nestelte Anna plötzlich
hektisch ein weißes Tüchlein
aus dem Ärmel ihres fliederfar-
benen Kleides und tupfte sich
über die Stirn. Kleine Schweiß-
perlen standen ihr auf der
Oberlippe und die feine Haut
unter den Augen schimmerte

bläulich. Ihre Lippen waren blass, fast farblos. Genau so sah auch Jolanda jedes Mal aus, kurz bevor sie umkippte, weil sie zu wenig gegessen und zu viel Akrobatik gemacht hatte. Vorsichtshalber trat ich deshalb einen Schritt auf Anna zu und streckte ihr hilfsbereit meine Arme entgegen.

„Ihr seht schrecklich aus, Comtesse. Wahrscheinlich werdet Ihr gleich umkippen", erklärte ich und hätte mir am liebsten auf die Zunge gebissen. Ich musste dringend auf meine Wortwahl achten.

Anna sagte nichts und stützte sich auf ihren hellgelben Sonnenschirm, den sie neben sich ins Gras gespießt hatte.

„Geht schon wieder", keuchte sie und atmete tief durch. Sie nahm den Sonnenschirm und spannte ihn auf. Da sie unter seinem Gewicht zu schwanken schien, nahm ich ihn ihr ab.

„Teufel, der wiegt ja so viel wie ein toter Hund."

Anna steckte ihr Tüchlein zurück und lächelte.

„Gilla", sagte sie, als sie wieder etwas Farbe bekommen hatte, „jetzt hast du mich schon zum zweiten Mal dazu gebracht."

„Ja, Gilla ist ein rechter Spaßvogel", krächzte Falko und tippelte auf dem Gatter hin und her. „Ein Scherzchen hier, ein Witzchen dort!"

Anna kicherte und wollte Falko über die Federn streicheln. Erschrocken hüpfte er ein Stück zur Seite.

„Sachte", sagte ich. „Sein Vertrauen muss man sich erst verdienen."

„Oder erkaufen", meinte Anna und griff in ein perlenbesetztes Beuteltäschchen, das um ihr Handgelenk baumelte. Dann hielt sie Falko eine Nuss hin.

„Mandel?", fragte Anna.

Falko ließ sich nicht lange bitten und schnappte sich die Nuss aus Annas Hand.

„Bestechlich wie sonst noch was", meinte ich verächtlich. „Sag wenigstens Danke."

„Danke, Comtesse", krächzte Falko höflich und flog mit seiner Beute davon.

„Bei Sturmvogel klappt das leider nicht", sagte Anna.

Sie streckte auch Sturmvogel eine Mandel entgegen, doch das Tier schlug nur unruhig mit den Ohren und rührte sich nicht vom Fleck.

„Bei mir würde es klappen", rutschte es mir heraus.

„Was würde klappen?", fragte Anna.

„Das mit der Mandel", antwortete ich.

„Hier, nimm", sagte Anna und gab mir die Nuss. „Versuch's."

Ich schnappte mir die Mandel, warf sie in die Luft und fing sie mit dem Mund auf. Ich hatte noch nie eine Mandel gegessen!

„He!", sagte Anna. „Ich dachte, du wolltest sie Sturmvogel geben!"

„Wer hat denn so was behauptet?", erwiderte ich fröhlich. „Pferde sind doch nicht bestechlich. Nur Menschen. Und der da", sagte ich und deutete auf Falko. „Hast du übrigens noch mehr? Sie schmecken köstlich ... Wenn wir Sturmvogels Vertrauen zurückgewinnen wollen, dann müssen wir ihm zuerst mal zeigen, dass wir *ihm* vertrauen."

Mit diesen Worten reichte ich Anna ihren Sonnenschirm zurück, kletterte übers Gatter und sprang auf der anderen Seite wieder hinunter.

„Gilla, nein!", zischte Anna ängstlich, „Sturmvogel ist unberechenbar."

Der Schimmel starrte mich aus zusammengekniffenen Augen an. Unruhig schlug er mit dem Schweif und tänzelte mit angelegten Ohren und bebenden Nüstern umher. Ich erkannte die Gefahr, die von ihm ausging, doch ich hatte keine Angst. Ich verstand mich auf Pferde, wie andere sich darauf verstanden, komplizierte Muster zu stricken. Ich machte mich ganz ruhig, entspannt und weich, genau wie vor meinem Jonglage-Auftritt. Und während ich mich Sturmvogel Schritt für Schritt näherte, begann ich, ihm von mir zu erzählen. Denn natürlich kannst du nicht von einem Pferd erwarten, dass es dich akzeptiert, wenn es dich gar nicht kennt. Einem Pferd muss man sich höflicher nähern, als man es gemeinhin bei Menschen tut.

Je mehr ich quasselte, desto mehr schien sich Sturmvogel zu beruhigen. Er stellte seine Ohren wieder auf und begann, mich neugierig zu beäugen. Er öffnete sein Maul und lockerte die Lippen, sodass es fast aussah, als würde er grinsen. Fein, heute schien ich alle zum Lachen zu bringen ... Dann atmete Sturmvogel geräuschvoll durch die Nüstern, als hätte er die ganze Zeit die Luft angehalten.

„Braver Junge", flüsterte ich, als ich direkt vor ihm stand und meine Körpersprache sagte: Ich vertraue dir, dass du mir nichts tust. Vertraust du mir auch?

Und Sturmvogel tat es. Er senkte den Kopf und schnupperte an mir. Warm strich mir sein Pferdeatem über den Körper. Er schnaubte freundlich.

„Freunde?", fragte ich ihn.

Sturmvogel nickte.

So einfach war das.

Nachdem wir das geklärt hatten, stellte ich mich seitlich an seinen Hals. Ich fuhr ihm sanft über die Kruppe und ein Schaudern durchfuhr das muskulöse Tier.

„Das hat lange niemand mehr gemacht, was?", murmelte ich.

Ich klopfte seinen Hals und lehnte meine Stirn an seine Flanke. So gut ich konnte, massierte ich die harten Muskeln an seinen Beinen und hörte dabei nicht auf, mich mit ihm zu unterhalten. Ich plauderte und plapperte, redete und quatschte, streichelte, klopfte und knetete.

Irgendwann hob Sturmvogel seinen Kopf, riss sein Maul auf und gähnte zum Steinerweichen.

„Heißa", raunte ich ihm leise zu, damit es Anna nicht hören würde. „Ich konnte dir fast beim Poloch wieder rausschauen. Darf ich jetzt mal aufsteigen, geschecker Freund?", fragte ich und gab ihm einen Kuss auf die Kruppe.

„Ruuumpfrrrr", machte Sturmvogel.

Für mich hieß das so viel wie ‚Ja' und ehe er es sich anders überlegen konnte, saß ich auch schon auf seinem Rücken. Ich ließ meinen Oberkörper locker nach vorne fallen, kraulte ihn zwischen den Ohren und redete weiter sanft auf ihn ein. Nach einer Weile richtete ich mich auf, hielt mich an seiner Mähne fest und gab mit den Schenkeln ein wenig Druck. Behutsam lenkte ich ihn zu Anna, die inzwischen Gesellschaft von dem zweiten Schimmel bekommen hatte.

Fassungslos starrte sie mich an. „Gilla, du bist unglaublich. Niemand hat Sturmvogel seit jener Nacht vor elf Jahren geritten. Selbst seine Mutter ist erstaunt. Sieh nur", sagte sie, „Windbraut kann es nicht fassen."

Lange sahen sich die beiden Pferde über den Zaun hinweg an. Minuten vergingen, bis Windbraut Sturmvogel sachte mit der Nase am Hals stupste. Da schnaubte Sturmvogel zufrieden und Windbraut galoppierte zu den anderen Pferden zurück. Es sah so aus, als hätte sie viele Neuigkeiten zu erzählen.

„Windbraut hat Sturmvogel um Verzeihung gebeten, weil sie ihn in dieser Nacht nicht vor dem Unwetter schützen konnte", übersetzte ich die stumme Zwiesprache der beiden Pferde.

„Und Sturmvogel hat beschlossen, es mit dem Vertrauen noch mal zu versuchen", ergänzte Anna und strahlte mich über den Zaun hinweg an.

„Ich komme wieder, versprochen", flüsterte ich in Sturmvogels Ohr und glitt hinunter. Dann kletterte ich über den Zaun. „Puh, die riechen nach Pferd." Ich wischte meine Hände an der Hose ab. „Ich mag den Geruch eigentlich, aber ich könnte trotzdem ein Bad vertragen. Gibt's hier einen Weiher, wollen wir schwimmen gehen?"

Anna schaute mich an, als hätte ich den Verstand verloren. Natürlich, mein Benehmen! Ich schlug mir mit der Hand an die Stirn und versuchte ich es noch Mal.

„Gnädige Comtesse, würdet Ihr mir die Freude machen, mich zum Bade zu begleiten?"

Anna kicherte. „Nun hör schon auf mit deinem Comtesse-Gerede", sagte sie und reichte mir eine Handvoll Mandeln. Sie waren warm und irgendwie verschwitzt. Anna musste sie die ganze Zeit in der Hand gehalten haben. Genüsslich warf ich mir eine nach der anderen in den Mund und Anna applaudierte.

Doch dann wurde sie ernst.

„Das eben mit Sturmvogel war unglaublich. Und das mit dem Baden auch! Wie um Himmels Willen stellst du dir das denn vor? Baden? In einem Weiher? Ohne Begleitung einer Zofe oder eines Kammermädchens? Mutter käme um vor Sorge. Ich bin schon jetzt viel zu lang vom Schloss weg. Man wird mich längst vermissen ... Ich muss gehen, tut mir leid." Anna fing an, ihre Röcke zusammenzuraffen. „Auf Wiedersehen, Gilla", sagte sie und ging über die Koppel in Richtung Schloss davon.

Ich sah, dass sie nur langsam vorwärtskam. Mit einer Hand konnte sie das Kleid nicht hoch genug halten und stolperte über den Saum. Der schwere Sonnenschirm und der unebene Boden der Weide machten es ihr außerdem schwer. Verwundert über ihren überstürzten Aufbruch, sah ich ihr noch eine Weile hinterher. Dabei fiel mir auf, dass sie stark hinkte, ganz so, als ob ein Bein kürzer wäre als das andere. Bei jedem Schritt warf sie ihre linke Hüfte mit einer Art Schlenker nach vorne.

„Lauf“, krächzte Falko. „Hinterher.“

Ich rannte los und hatte Anna rasch eingeholt.

„Warte doch mal“, rief ich und verstellte ihr den Weg. „Willst du's dir nicht noch mal überlegen? Ich bin doch bei dir, es kann nichts passieren“, bettelte ich. „Komm schon, wir haben uns doch gerade erst kennengelernt und du willst schon wieder weg?“

„Wärst du wohl so lieb?“, bat mich Anna statt einer Antwort, reichte mir den Sonnenschirm und lockerte die Schleife ihres Häubchens. Dann blickte sie zweifelnd zwischen mir und dem Schloss hin und her.

„Andererseits ...“, murmelte sie. „Mutter müsste es ja nicht erfahren. Sie hat heute Morgen die Kutsche nach Domstadt genommen, um dort ihren Leibarzt zu konsultieren. Sie wird nicht vor

Sonnenuntergang wieder zurück sein. Und Vater erwartet heute den Notar und den Schreiber wegen irgendwelcher Regierungsangelegenheiten."

„Wunderbar!", rief ich erfreut. „Worauf warten wir noch? Wir schwingen uns auf Sturmvogels Rücken und dann nichts wie raus in den Wald …"

Erwartungsvoll sah ich Anna an. Mir wurde heiß in der prallen Sonne und ich merkte, wie ich langsam ungeduldig wurde. Außerdem war es gar nicht einfach, den verflixten Sonnenschirm so ruhig zu halten, dass Annas Gesicht im Schatten lag und gleichzeitig voller Vorfreude auf und ab zu hüpfen.

„Kannst du eigentlich auch mal stillstehen?", fuhr Anna mich an. „Dein Gezappel ist ja nicht zum Aushalten."

Erstaunt hob ich

den Sonnenschirm ein Stück an, um ihr besser ins Gesicht sehen zu können. Was war denn nun in sie gefahren? Mir lag bereits eine deftige Antwort auf der Zunge, als ich bemerkte, dass Tränen in Annas Augen standen. Langsam rollten sie eine nach der anderen über ihre blassen Wangen, flossen am Kinn entlang und versickerten in ihrem Spitzenkragen.

„Du weinst ja", stellte ich hilflos fest. „Hab ich was Falsches gesagt? Erst bringe ich dich zum Lachen, dann wirst du plötzlich wütend und fährst mich an. Dann läufst du weg und plötzlich musst du weinen ... Du hast recht. Vielleicht ist es doch besser, ich gehe alleine schwimmen und du gehst ins Schloss zurück."

Mit diesen Worten schloss ich den Sonnenschirm, rammte ihn mit der Spitze in die Erde, fabrizierte eine halbwegs ordentliche Verbeugung, sagte: „Meine Verehrung, Comtesse", und rannte so schnell ich konnte davon. Die Enttäuschung saß wie ein großer Kloß in meinem Hals - ich konnte kaum atmen.

„Verwöhnte, hochnäsige Ziege", japste ich.

Aus meiner Brust kamen keuchende Schluchzer und ich wusste nicht mal, wieso mich dieses zimperliche Fräulein so aus der Fassung gebracht hatte. Schnell kletterte ich übers Gatter und ließ mich neben Burga ins Gras fallen. Eine ganze Weile war ich abwechselnd wütend, traurig und ratlos. Eigentlich genau wie Anna eben. Was war nur schiefgelaufen? Ich hatte ihr Pferd gezähmt und war nett zu ihr gewesen und trotzdem hatte sie mich angefaucht. Ich war es nicht gewohnt, vor jemandem zu katzbuckeln. Und ich wollte schon gar nicht wie eine Dienerin behandelt werden. Wir Gaukler waren ein freies Volk, wir ließen uns von niemandem etwas aufzwingen.

„Und jetzt kommt dieses kleine Prinzesschen, sagt weder Hü noch Hott, lässt sich von mir den Schirm tragen, flennt, mault und beschwert sich über mich. Soll sie doch in ihr blödes Schloss zurückhumpeln, das verzärtelte Ding!", schimpfte ich vor mich hin.

„Du bist ungerecht und das weißt du auch", krächzte Falko, der sich auf Burgas mächtigem Kopf niedergelassen hatte.

„Halt den Schnabel. Ich will jetzt nichts hören."

„Du hast dir nicht mal die Mühe gemacht zu fragen, was mit Anna los ist", mahnte Falko ungerührt.

„Was soll schon los sein mit ihr?", erwiderte ich trotzig. „Verhätschelt ist sie, das ist los!"

„Nein, sie ist schwach, ängstlich, blass, kraftlos und humpelt, *das* ist los. Und du bist stark, gesund, geschickt und mutig. Na, fällt dir was auf?", krähte Falko. Er konnte manchmal einfach nicht lockerlassen.

„Was soll mir denn auffallen?", brüllte ich wütend.

Der verfluchte Vogel konnte einem den letzten Nerv rauben.

„Vielleicht beneidet sie dich", keifte Falko unerschrocken zurück und hüpfte von Burgas Kopf auf ihren Rücken. Sein schwarzes Gefieder glänzte in der Sonne.

„Ich beneide sie ja auch!", schrie ich. „Die Pferde, das Schloss, die Kleider! Nein, die Kleider doch nicht! Und ihren vermaledeiten Mistsonnenschirm kann sie sich sonst wohin stecken!" Ich fühlte mich zutiefst gekränkt und völlig im Recht. Missmutig köpfte ich ein paar Löwenzahnblüten.

„Und jetzt?", fragte ich Falko nach einer Weile. „Irgendein schlauer Vorschlag, Vogel?"

„Geh zu ihr und dann fangt ihr beide noch mal von vorne an", antwortete die Krähe.

„Niemals", sagte ich bockig.

„Niemals", äffte mich Falko nach. „Hosenschei-ßer!", fügte er hinzu.

„Das sagst du nicht noch mal", warnte ich Falko.

„Hosenscheißer, Hosenscheißer", höhnte Falko, erhob sich und nahm flügelschlagend Reißaus.

„Dämliche Krähe", grunzte ich und stand auf, um mich an den Zaun heran zu pirschen.

Gut, ich konnte ja wenigstens mal schauen, wie weit Anna gekommen war. Ich spähte übers Gatter.

Dort, wo ich Anna eben stehen gelassen hatte, lag jetzt ein lavendelfarbiger Kleiderhaufen. Daneben steckte immer noch der Sonnenschirm.

Kapitel 10
Mädchen sind prima

„Anna?", brüllte ich und sprang ohne zu zögern über den Zaun. Die Pferde hoben alarmiert die Köpfe und wieherten unsicher.

Tatsächlich, Anna lag zusammengesunken inmitten all ihrer Rockschichten und atmete kaum. Ihr

Gesicht war so weiß, dass es fast blau aussah. Um Nase und Mund herum schimmerte es gelblich.

Mein Herz raste. Was war ich nur für ein dummer Esel, dass ich sie einfach so in der Hitze hatte stehen lassen, nur weil ich eingeschnappt gewesen war! Fieberhaft überlegte ich, was zu tun sei. Ich konnte Anna unmöglich den ganzen Weg bis zum Schloss zurücktragen. Sie war zwar kleiner als ich, aber jemanden zu tragen, der sich nicht an einem festhalten konnte, war sehr, sehr schwierig.

Da sah ich, wie Sturmvogel sich der Abtrennung näherte. Er schnaubte laut, um auf sich aufmerksam zu machen.

„Sturmvogel", rief ich. „Danke, genauso machen wir es."

Ich rannte hinüber, öffnete das Gatter und führte Sturmvogel zu Anna. Dann kniete ich mich neben sie und versuchte, sie hochzuheben. Ich versuchte, einen Arm unter die vielen Stoffbahnen zu bekommen und hoffte, ihre Beine zu finden. Den anderen Arm schob ich ihr unter die Schultern und stemmte mich mit durchgestrecktem Rücken nach oben. Taumelnd kam ich auf die Füße. Sturmvogel stand unbeweglich. Seine Ohren waren aufmerksam nach vorne gerichtet.

Nach mehreren Versuchen schaffte ich es, Anna bäuchlings auf das Pferd zu hieven. Sturmvogel war nicht gerade klein und ich keuchte vor Anstrengung. Dann führte ich ihn an der Mähne über die Koppel. Windbraut löste sich von der Gruppe und kam angetrabt.

„Du kannst stolz sein auf deinen Sohn", sagte ich im Vorbeigehen.

Falko ließ sich auf meiner Schulter nieder.

„Du hast deinen Sturkopf ja überwunden. Ich bin auch stolz auf dich.", wisperte er.

„Danke. Auch für deinen Rat, Klugscheißer", flüsterte ich zurück.

Glücklicherweise schien Sturmvogel zu wissen, wo wir hinmussten, denn er ging zielstrebig bis zum Ende der Koppel, ließ sich das Gatter öffnen und lief den Weg in Richtung Stallungen. Kurz davor bog er jedoch ab und nahm den gekiesten Pfad, der geradewegs auf den Eingang des Schlosses zuführte. Er betrat den gepflasterten Hof und schritt stolz und würdig auf die breite Empfangstreppe zu. Seine Hufe klapperten laut und Anna stöhnte auf.

Fast sofort flog die Flügeltür des Schlosses auf, und der Graf erschien oben auf der Treppe. Augenscheinlich hatte er jemand anderen erwartet, denn er blieb bei unserem Anblick abrupt stehen und es sah aus, als ob er nach Luft schnappte. Buchstäblich! Wie ein Fisch öffnete und schloss er seinen Mund, ohne einen Ton zu sagen.

Dann kam er die Treppe heruntergestürzt und brüllte noch im Rennen nach seiner Dienerschaft.

„Schscht …", machte ich und bedeutete ihm, sich uns behutsam zu nähern. „Ihr jagt dem Pferd Angst ein. Ihr wollt doch nicht, dass er steigt und die Comtesse abwirft."

Der Graf besann sich und trat vorsichtig näher. Er war ein großer Mann mit Lachfalten um die Augen und wirr vom Kopf abstehenden, schwarzen Locken.

„Was ist passiert, Junge?", fragte er besorgt, während er Anna von Sturmvogels Rücken nahm.

„Sie ist ein Mädchen", krächzte Falko.

„Von woher kenne ich dich?", sagte der Graf und ging auf die Treppe zu. Oben war eine Magd erschienen und von den Ställen näherte sich der Stallmeister. „Ach, bist du nicht das Gauklerkind?"

Ich nickte. „Ich fand Eure Tochter leblos auf der Koppel", sagte ich. „Dann hat mir Sturmvogel geholfen, sie hierher zu bringen."

Ruckartig drehte der Graf sich zu mir um.

„Du irrst dich, Kind, das ist Windbraut", sagte er.

„Nein, Ihr irrt Euch, das ist Sturmvogel." Kannte der Graf denn seine eigenen Pferde nicht?

Schnaufend trabte der Stallmeister heran. Sein schwerer Lederschurz schlappte beim Laufen vor seinen Beinen auf und ab.

„Potzblitz, das ist ja Sturmvogel", japste er. „Wie hast du das gemacht, Junge?"

„Sie ist ein Mädchen", knurrte der Graf.

„Ich kann es kaum glauben", meinte der Stallmeister bewundernd und stemmte die Arme in die Seite.

Kopfschüttelnd ging der Graf weiter die Stufen hinauf, um Anna ins Schloss zu bringen. Sicher und geborgen lag Anna in den starken Armen ihres Vaters. Die Magd gab ununterbrochen beruhigende Gurrtöne von sich und stand dem Grafen im Weg herum. Das gab mir Gelegenheit, ihn einzuholen. „Ich komme mit", sagte ich, ohne weiter nachzudenken.

„Ich auch", flötete Falko und landete auf der Schulter des Grafen.

Die Magd erstarrte, die gerade heraneilende Kammerzofe erstarrte und der Stallmeister erstarrte. Ich zog den Kopf zwischen die Schultern. Hühnerkacke, so redete man nicht mit einem Grafen, nicht wahr? Würde er Falko und mich nun ins Verließ werfen lassen? An eine schwere Eisenkugel gekettet? Ohne Licht und Luft und meine Jonglier-Eier?

„Schulter ist Schulter, ob Gaukler oder Graf", wisperte Falko dem Grafen entschuldigend ins Ohr.

„Und werft Gilla bitte nicht in den Kerker, sie hat heute Abend noch eine Vorstellung!"

Das Gesicht des Mannes verzog sich zu einem leichten Lächeln. Dann glucksten hicksende Töne aus ihm heraus, und als er merkte, dass er das Lachen nicht mehr länger würde zurückhalten können, prustete er los und lachte so schallend, dass Anna die Augen aufschlug.

„Vater?", hauchte sie.

„Ja, mein Täubchen", erwiderte der Graf. „Alles ist gut. Du musst dich nur etwas ausruhen. Ich trage dich in deine Gemächer. Ein ziemlich aufgewecktes Bürschchen hat dich nach Hause gebracht."

„Er ist ein Mädchen", sagten Anna und Falko gleichzeitig.

Dann zwinkerte Anna mir schwach zu und ich folgte ihnen zu Annas Zimmer.

Als der Graf seine Tochter ins Bett gelegt hatte, verließ er das Zimmer, damit Anna von der Magd und der Kammerzofe versorgt werden konnte. Als sie fertig waren, zog ich mir einen Schemel an ihr Bett.

„Tut mir leid wegen vorhin", sagte ich zerknirscht.

„Tut mir auch leid wegen vorhin", erwiderte Anna, die bleich in ihren Kissen ruhte.

„Angenommen", sagte ich.

„Ebenfalls", sagte Anna.

„Was ist eigentlich los mit dir?", fragte ich.

Anna zuckte mit den Schultern. „Ich bin ein schwächliches Kind. Schon immer gewesen."

„Und das Hinken?", fragte ich.

„Habe ich seit meiner Geburt. Ich muss in Mutters Bauch zu wenig Platz gehabt haben."

„Zu wenig Platz? Du halbe Portion? So kümmerlich, wie du aussiehst, hätte eher noch ein Kind mit reingepasst", sagte ich.

„Seltsam, dass du das jetzt sagst", meinte Anna. „Meine alte Kinderfrau erzählte immerzu diese wirre Geschichte, dass ..."

Da öffnete sich die Tür.

„Wünscht Ihr noch etwas, Comtesse?", fragte eine Kammerzofe.

Anna schüttelte den Kopf.

Im selben Moment knurrte mein Magen, laut und deutlich hörbar.

„Doch“, sagte Anna. „Richte der Köchin bitte aus, dass wir zu speisen wünschen. Unten im großen Saal.“

„Sehr wohl“, hauchte die Zofe und verschwand wieder.

„Werden dir hier alle Wünsche sofort erfüllt?“, fragte ich und sah mich in ihrem großen Zimmer um.

Über dem Bett thronte ein prächtiger Himmel aus dunkelgrünen Samtbahnen. Es gab einen offenen Kamin, und vor den Fenstern mit dem bunten Glas hingen schwere Vorhänge aus einem kostbaren, golddurchwirkten Stoff, dessen Name mir nicht einfallen wollte.

„Ja“, sagte Anna traurig. „Aber alles hat seinen Preis. Schau dich an: Du kannst tun, was du willst. Und ich? Ich bin ein Krüppel!“ Sie klopfte auf die Bettdecke. „Komm zu mir“, sagte sie.

Ich kletterte hinauf und ließ mich in die Kissen sinken. Es mussten Hunderte sein. Einfarbig oder mit Perlen bestickt, glatt, samtig oder flauschig. Duftend und himmlisch weich. Gefüllt mit feinsten Gänsedaunen, nicht mit Stroh. Und diese Matratze, sie federte! Probehalber machte ich ein paar kleine Hopser. Anna grinste.

„Wegen dem bisschen Gehumpel musst du doch nicht traurig sein", sagte ich. „Guck mal, du kannst sogar reiten!"

„Reiten? Ich habe in meinem ganzen Leben noch auf keinem Pferd gesessen", antwortete sie. „Mutter würde durchdrehen."

„Gut, dass deine Mutter dann nicht gesehen hat, wie du vorhin auf Sturmvogel in den Hof geritten kamst!", rief ich triumphierend.

„Ich bin auf Sturmvogel geritten?", kreischte Anna.

„Aber sowas von", bestätigte ich. „Ich sehe das so: Wer ohnmächtig reiten kann, der kann auch wach reiten. Ich bringe es dir bei, gleich morgen, was hältst du davon?"

„Ach Gilla, in den elf Jahren, die ich nun schon lebe, war kein Tag so aufregend, wie die paar Augenblicke mit dir", sagte Anna strahlend. „Aber was das Reiten betrifft, Mutter würde es nicht erlauben."

„Aber warum denn nicht?", fragte ich.

Anna rollte sich auf die Seite, hob den Oberkörper an und ließ dann die Beine vom Bett hinuntergleiten. Sie angelte nach einem geschnitzten Gehstock, der schräg am Bett lehnte, und kam mühsam auf die Füße.

Das war so ganz anders als bei mir.

Wenn ich aufwachte, sprang ich mit Schwung auf die Beine und damit war die Sache geritzt. Alles ging bei ihr irgendwie langsamer. Sie hatte einfach nicht meine Geschwindigkeit, aber ich wollte es auf keinen Fall noch mal vermasseln.

Nach einer schieren Ewigkeit kam endlich eine Antwort.

„Mutter hat Angst, mir könne etwas zustoßen. Sie hat Angst, ich könne verloren gehen, ich könne mir wehtun, ich könne zu viel Sonne abbekommen …"

„… du könntest ein bisschen Vergnügen haben", setzte ich ihre Ausführung fort.

„Sicher hast du recht, aber da kann man nichts machen. Sie will mich beschützen, das tun alle Mütter. Deine etwa nicht?", fragte Anna.

„Ich hab ja keine. Zumindest keine echte", sagte ich.

Anna legte für eine winzige Sekunde ihre Hand auf meine.

„Erzähl", sagte sie.

Und das tat ich.

Einfach so.

Genau wie bei Sturmvogel eben.

Ich erzählte ihr von meinem Leben bei Madame LaBouff, Jolanda und Lothair, dem Großen Oswaldo, Grimbert und Dix, dem Dieb. Ich beschrieb, wie ich als Säugling eines Morgens vor dem Frauenzelt gelegen, wie ich jahrelang meine Kunststücke trainiert, wo ich Lesen und Schreiben gelernt hatte und wie viel jeder Einzelne meiner Gauklerfamilie mir bedeutete. Während ich redete und redete, kleidete sich Anna langsam an. Immer wieder schüttelte sie vor Verwunderung den Kopf.

„Was du alles erlebt hast, Gilla!", staunte sie. „Und was du alles kannst! Ich bewundere dich so! Schon gestern bei deinem Auftritt habe ich mir vorgestellt, ich wäre du." Dann schwieg sie einen Moment. „Wirklich, ich wäre gerne du ...", murmelte sie.

„Und ich wäre gerne du", antwortete ich. „Nur ohne die Kleider und Röcke und das ganze Comtesse-Tammtamm."

„Schade", sagte Anna. „Gerade wollte ich dir eins von meinen Kleidern schenken. Sieh nur, dir stünde das Auberginefarbene aufs Vorzüglichste."

Sie zog das Kleid vom Bügel und reichte es mir. Ich hielt es mir vor den Körper und stolzierte damit im Raum umher, wie ich es von Lothair kannte.

„Tüdeltü, tüdelti ...", sagte ich geziert und Anna kicherte so sehr, dass sie Schluckauf bekam.

Ich reichte ihr das Wasserglas vom Nachtkästchen, und wies sie an, einen Schluck daraus zu trinken.

„Aber nicht wie üblich! Beug dich nach unten und versuche so, aus dem Glas zu trinken. Und nichts verschütten."

Anna hantierte hicksend mit dem Glas herum und nach einigem Hin und Her gelang es ihr, einen Schluck Wasser verkehrt herum hinunterzuschlucken. Vor lauter Gekicher verschüttete sie jedoch die Hälfte und kam mit hochrotem Kopf wieder nach oben.

„Und?", fragte ich.

„Ganz schön schwierig", meinte sie. „Man muss das Glas in die entgegengesetzte Richtung kippen. Irgendwie weg vom Mund."

„Genau. Und?", bohrte ich nach.

„Was und?", fragte sie.

„Ist er weg, der Schluckauf?"

„Welcher Schluckauf? Tatsächlich, weg. Ich habe gar nicht mehr dran gedacht!"

„Das war der Zweck der Übung", erklärte ich.

Nach einer Weile nahm sie unser Gespräch wieder auf und sagte:

„Alles in allem haben wir beide also drei Mütter. Jolanda plus Madame LaBouff macht zwei, Lothair zählt halb und meine Mutter zählt auch halb, haben wir drei."

„Weshalb zählst du deine Mutter nur halb?", fragte ich und beobachtete Anna, wie sie ihre Haare mit einer goldenen Bürste kämmte und anschließend zu einer kunstvollen Hochsteckfrisur zusammenraffte. Von Anna konnte sich Lothair wirklich noch was abschauen.

„Sie hat diese Stimmungen", nuschelte Anna mit dem Mund voller Haarnadeln. „Manchmal kommt sie tagelang nicht aus ihren Gemächern. Nichts kann sie an solchen Tagen aufheitern oder fröhlich stimmen. Wenn ich an ihrer Tür stehe und lausche, höre ich sie weinen. Dann fühle ich mich noch kleiner und hilfloser, als ich sowieso schon bin. Und das Schlimmste ist ..."

Anna brach ab. Sie räumte die Frisierutensilien in die Schublade ihrer Spiegelkommode zurück und legte die Hände in den Schoß.

„Und das Schlimmste ist?", drängelte ich. Doch ich besann mich gerade noch rechtzeitig. „Schon gut, du brauchst es nicht zu erzählen."

„Danke", sagte Anna. „Für deine Geduld. Ich weiß, ich bin ein wenig langsam. Aber ich habe noch nie mit jemandem darüber geredet. Auch nicht mit Vater. Er wird allmählich immer verzweifelter wegen Mutters Zustand. Da will ich ihm mit meinem Kummer nicht auch noch zur Last fallen.“

„Dann rede mit mir“, bot ich an. Langsam wanderte ich im Zimmer hin und her, um den Anblick all der schönen Dinge in mich aufzusaugen. Die silbernen Kerzenständer, die gepolsterten Sessel und die kleine Herde geschnitzter Holzpferdchen auf dem Kaminsims. „Wenn ich Kummer habe, rede ich mit Falko.“ Sachte ließ ich meine Finger über die verzierte Rückenlehne eines Stuhls gleiten. „Er ist ein guter Ratgeber. Er hat mir auch gesagt,

dass ich nochmal zu dir gehen soll, nachdem ich dich vorhin einfach stehen gelassen habe."

„Das Schlimmste ist ...", wiederholte Anna, als hätte sie gar nicht zugehört. „Ich glaube, dass ich daran schuld bin."

„Woran Schuld?", fragte ich.

„An Mutters Zustand", sagte Anna.

„Du denkst, dass du schuld dran bist, dass deine Mutter immerzu traurig ist?", hakte ich verwundert nach.

„Ja, verstehst du denn nicht? Ich bin klein, ich wachse nicht richtig, ich kann nicht ordentlich laufen, ich werde niemals tanzen lernen, ich bin schwächlich und blutarm und ich kann nicht reiten. Wahrscheinlich werde ich niemals heiraten."

„Ja, genau", bestätigte ich. „Und deswegen beschützt dich deine Mutter auch so gut, weil du nutzlos bist und wertlos und es nicht verdienst, dass dich jemand liebhat."

Herausfordernd sah ich Anna an. Sie konnte doch den Blödsinn nicht wirklich glauben, den sie da eben von sich gegeben hatte!

Anna betrachtete mich nachdenklich. „Und du glaubst nicht, dass sie vielleicht lieber einen Sohn gehabt hätte?“, fragte sie leise.

„Eselfurz, nein! Mädchen sind prima, spitze, famos! Sagt Lothair auch immer. Und der muss es ja wissen, er ist schließlich beides“, rief ich.

„Hm.“ Anna dachte nach. „Du redest wie ein Gassenjunge, aber du bist sehr klug, Gilla Gauklerkind“, sagte sie nach einer Weile.

„Und du bist die dümmste kleine Comtesse, die ich je kennengelernt habe“, entgegnete ich.

„Ist das wirklich dein Ernst?“, fragte Anna. „Ich meine, dass mich keine Schuld trifft?“

„Beides ist mein voller Ernst“, erwiderte ich.

Anna stieß die Luft aus und ließ die Schultern hängen. „Gott sei Dank“, sagte sie. „Gott sei Dank.“ Dann sah sie mich mit so viel Zuneigung an, dass es mir durch Mark und Bein fuhr. „Es ist so schön, dich hier zu haben, Gilla. Ach, wie herrlich ist es, sich einmal zu amüsieren.“

Ich musste schlucken. Hatte jemals jemand etwas derart Schönes zu mir gesagt? Dann lachte ich extra laut, obwohl ich vor Rührung am liebsten geweint hätte.

„Wir unterhalten uns bloß, und das ist für dich schon amüsieren? Ich möchte zu gerne wissen, wie du es nennst, wenn wir uns erst richtig vergnügen“, neckte ich sie und passenderweise lenkte uns mein knurrender Magen an dieser Stelle ab.

„Hast du auch mal keinen Hunger?“, fragte Anna erstaunt.

„Ich hab immer Hunger“, antwortete ich.

„Ich hab nie Hunger“, stellte Anna klar.

„Das wird sich schnell ändern, Comtesse, wenn Ihr erst mal den ganzen Tag mit Eurem hübschen Hintern auf einem Pferderücken gesessen habt!“, sagte ich und klopfte Anna auf den Rücken.

„Wer's glaubt“, sagte sie ein wenig mutlos und stand schwankend auf.

Dann hakte sie sich bei mir ein. Und das war ein wunderbares Gefühl.

Kapitel 11
Ein Festmahl mit Echo

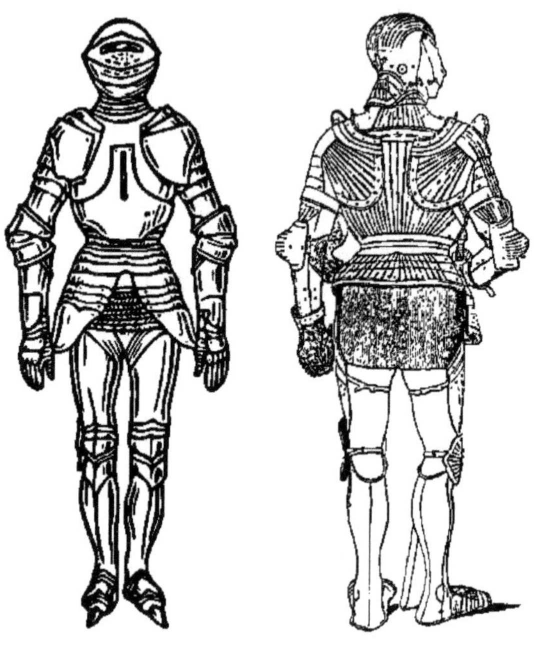

Im Gleich-
schritt mach-
ten wir uns
auf den Weg
zum Speises-
aal. Mühelos
bewältigten
wir zusam-
men sogar die
große
Treppe, die
von den
Schlafgemä-
chern in das

untere Stockwerk führte. Ich legte Anna meinen
Arm um die Hüfte und stützte sie so ab, dass sie
nur ein Bein zum Treppenlaufen benutzen musste.
Wir liefen an endlosen Reihen von Ahnenbildern
entlang, die die Gänge des Schlosses schmückten.

Streng starrten Annas Verwandte aus ihren reich-
verzierten, goldenen Rahmen auf uns herab. Anna
stoppte an zwei Gemälden, neben denen jeweils
eine glänzende Ritterrüstung Wache hielt.

„Das hier ist meine Großmutter Huberta mütterlicherseits", erklärte Anna. „Und eine ewig alte
Rüstung der Ritter ihres Adelsgeschlechts. Und das
ist meine Großmutter Gertrude väterlicherseits,
auch mit einer Ritterrüstung irgendeines Ritteror-
dens, dem ihre Ahnen angehörten."

Doch ich be-
kam von Annas
Erklärungen
kaum etwas mit,
so gefangen war
ich vom Anblick
der beiden
Frauen auf den
Ölgemälden.
Bedachtsam
ließ ich meinen
Blick über ihre
Gesichter wan-
dern und dabei

überkam mich eine schwache Ahnung. Ich bekam nicht zu greifen, was mir im Kopf herumspukte, doch noch eher ich länger darüber nachdenken konnte, fasste es Anna perfekt zusammen.

„Fällt dir meine Ähnlichkeit mit Großmutter Huberta auf? Meine Mutter sieht übrigens genauso aus. Diese rotblonden Fisselhaare sind über Generationen nicht totzukriegen. Die schwarze Lockenmähne meines Vaters wäre mir lieber gewesen. Siehst du, Großmutter Gertrude hatte auch so wundervolle Haare. Eigentlich genau wie du. Ich finde, du siehst ihr sogar ein wenig ähnlich."

Als wir den großen Saal betraten, blieb mir vor Staunen der Mund offenstehen. Denn es war wirklich ein Saal. Ein sehr großer Saal! Ich hatte noch niemals so weitläufige Räumlichkeiten gesehen. Wäre Oswaldo hier mit seinen Stelzen hereinspaziert gekommen, er hätte mit seinem Kopf die gewölbte Saaldecke nicht berührt.

An den Wänden, die in regelmäßigem Abstand von Buntglasfenstern unterbrochen wurden, hingen bunte Teppiche mit ausgefallenen Tier- und Blumenmotiven. Eine Sammlung von Jagdtrophäen schmückte die Wände.

Ich erkannte Hirsch- und Rehgeweihe, einige Wildschweinköpfe und ausgestopfte Fasane mit ihrem schillernden Gefieder.

In der Mitte stand ein Tisch, so lang, dass daran bestimmt eine halbe Hundertschaft Platz fand. Es waren jedoch nur zwei Stühle an der Tafel platziert. Jeweils einer an jedem Tischende. Anna humpelte auf die linke Seite und bedeutete mir, am rechten Ende der Tafel Platz zu nehmen.

Ich setzte mich und bewunderte das feine Porzellan. Verwirrt betrachtete ich die irritierende Auswahl an glänzenden Besteckteilen. Doch da entdeckte ich zu meiner Erleichterung auch einen ganz gewöhnlichen Löffel. Es gab außerdem zwei verschieden große Kristallgläser und einen silbernen Becher.

Ich fragte mich, was da wohl alles hineingefüllt werden würde, und mir lief das Wasser im Mund zusammen.

Anna klingelte mit einem Glöckchen, woraufhin drei Bedienstete erschienen, die Pfannen, Töpfe, Schüsseln und Tiegel hereintrugen. Die Köchin belud die Teller mit Linsenbrei, Hühnchen, gestampften Kartoffeln, Brötchen, gesalzenem Quark, grünen Speckbohnen und zu guter Letzt: süßem Grießbrei mit Kirschgrütze.

Die Küchenmagd übergoss alles großzügig mit einer Kelle geschmolzener Butter. Der Kellermeister bot uns auf einem großen Tablett verschiedene Getränke an. Ich entschied mich für die gesamte Auswahl: Kirschsaft, gesüßtes Weinwasser und Gewürzmilch. Schließlich sollte man mir nicht umsonst drei Trinkgefäße hingestellt haben.

„Wie kann man nur so mickrig bleiben, bei so gutem Essen", fragte ich Anna mit vollem Mund. Es schmeckte alles so köstlich, dass ich fast glaubte zu träumen.

„Wie bitte?", rief sie, „ich kann dich nicht verstehen!"

Ich schaute auf. Über der ganzen Schlemmerei hatte ich ganz vergessen, dass Anna meterweit von mir entfernt saß. Mit butterverschmiertem Mund knabberte ich rasch die letzten Reste von einem Hühnerknochen, holte tief Luft und rief: „Anna, das ist ja ein riesiger Saal!"

Und was geschah?
Es gab ein Echo!
Aal, Aal!, hallte es vom Gewölbe zurück.
Ich prustete los und probierte es gleich noch mal.
„Was werde ich nie vergessen?"
Essen, Essen!, hallte es zurück.
Anna kicherte und bekam wieder Schluckauf. Nach einigen Hicksern verschwand sie plötzlich unter dem Tisch. Als sie wiederauftauchte, strahlte sie und brüllte: „Er ist weg! Der Trick mit dem Wasserglas ist toll. Ich hätte nicht gedacht, dass ich es wieder schaffe!"

Affe, Affe!, hallte es.

Vor lauter Lachen spuckte ich aus, was ich gerade im Mund hatte.

„Das Essen schmeckt toll", brüllte ich.

Oll, oll!, meinte das Echo.

Ich trank reichlich von meinem gesüßten Weinwasser und mir wurde immer blümeranter zumute. Vermutlich hatte der Kellermeister mehr Wein als Wasser in den Krug gefüllt, denn ich fühlte mich total beschwipst.

„In meinem Weinwasser ist ziemlich viel Wein", schrie ich.

Ein, ein!, antwortete das Echo und es klang wie Nein.

„Doch!", brüllte ich deshalb und musste vor lauter Lachen nach Luft schnappen, „mein Kopf schwirrt."

Irrt, irrt!, widersprach das Echo.

Nachdem wir genug davon hatten, uns gegenseitig über die

lange Tafel hinweg anzubrüllen, nahmen wir kurzerhand unser Essen, kletterten auf den Tisch und setzten uns mitten drauf. Wir schwatzten, lachten, plauderten, mit den Tellern im Schoß und den Gläsern neben uns. Später begannen wir sogar, miteinander zu tanzen, direkt auf der mächtigen Tafel im gräflichen Speisesaal.

„Hüfte hin oder her, wer reiten kann, kann auch das Tanzbein schwingen", hatte ich Anna überzeugt und es funktionierte gar nicht mal so schlecht.

Wir waren so in unser Beisammensein vertieft, dass wir alles um uns herum vergaßen.

Nachdem die Köchin zum Dessert (Lothair würde begeistert sein von diesem französischen Wort für Nachtisch!) eine klebrige, runde Süßigkeit aus einer Mandelmus-Honig-Zimt-Mischung mit rosa Zuckerguss serviert hatte, war ich kurz vorm Platzen. Ich ließ das restliche Konfekt in meinem Beutel verschwinden und leckte mir die Finger ab.

Doch das Gelage schien noch nicht zu Ende zu sein, denn das Küchenmädchen trug zwei weitere, flache Schüsseln herein. In der klaren Suppe schwamm jeweils eine gelbe Fruchtscheibe. Das Mädchen stellte die beiden Schalen vor uns ab, legte zwei Leinentücher daneben und verließ den Saal.

Ich starrte auf die Schalen.

„Was ist das?", fragte ich.

„Du kennst keine Zitronen?"

Ich schüttelte den Kopf. Mit einem Mal kam ich mir dumm und tölpelhaft vor. Anna hatte es bestimmt nicht so gemeint.

„Oh, das ist ja wundervoll", rief sie da auch schon. „Dann zeige ich dir nachher unsere Orangerie. Vater hat die Idee aus Frankreich mitgebracht. Wir züchten Zitronen, Orangen und Mandarinen. Außerdem gibt es auch Schmetterlinge, so groß wie deine Hand. Du musst dir eine Orangerie vorstellen wie ein großes Pflanzenhaus, nur dass ..."

Anna unterbrach sich und starrte mich an. Dann bekam sie einen gewaltigen Kicheranfall, ohne dass ich auch nur im Entferntesten ahnte, was sie so zum Lachen gebracht haben könnte. Ich trank achselzuckend den letzten Rest der seifig schmeckenden, lauwarmen Suppe und lutschte begeistert an der Zitronenscheibe.

„Also die Suppe hat irgendwie bitter ge-
schmeckt", stellte ich fest. „Aber diese Zitronen
sind vorzüglich. Mein Gesicht macht von ganz alleine Grimassen, schau mal."

Ich biss in die Zitronenscheibe, schluckte rasch
die bittere Schale, um es hinter mir zu haben und
wartete darauf, wie sich mein Gesicht verzog. Da
prustete Anna schon wieder los.

„Du hast das Händewaschwasser getrunken",
japste sie und lachte Tränen. „In das Zitronenwasser tunkt man seine Hände hinein und wischt sie
dann an dem Tuch ab. So!"

Anna tunkte geziert ihre Fingerspitzen in die
Schale mit der Zitronenscheibe und wusch sich
ihre Hände. „Ach, was soll's", sagte sie plötzlich,
hob die
Schüs-
sel an
ihren
Mund
und
nahm
einen

kräftigen Schluck. „Bäh." Anna schüttelte sich und auf ihren Lippen bildete sich eine schillernde Seifenblase. Mit offenem Mund saß sie so lange still, bis die Seifenblase platzte. Vor lauter Lachen musste ich aufstoßen, so dass sich auch vor meinem Mund eine Seifenblase bildete. Anna und ich rülpsten an diesem Nachmittag noch so viele Zitronenwasser-Seifenblasen, dass uns ganz schwindelig davon wurde.

Erst als eine Magd erschien, um den Kamin und die Kerzenleuchter zu entzünden, fiel uns auf, wie spät es schon geworden war. Durch die Buntglasfenster fiel kein Sonnenlicht mehr auf unsere Insel in der Mitte des Tisches. Erschrocken sprang ich auf.

„Anna, ich muss gehen. Es wird bald dunkel. Bestimmt fängt die Vorstellung gleich an", rief ich und kletterte vom Tisch.

„Ach, wie schade", sagte Anna enttäuscht. Doch dann hellte sich ihre Miene auf. „Weißt du was, ich komme nachher und sehe mir die Vorstellung noch mal an." Mit schmerzverzerrtem Gesicht begann sie, ebenfalls vom Tisch zu klettern. Kurzerhand hob ich sie herunter.

„Bitte sehr, Comtesse.“

„Danke, die Dame.“

„Habt Dank für Speis und Trank“, sagte ich höflich.

„Dank gebührt Eurer werten Anwesenheit“, erwiderte Anna und machte einen Knicks.

„Ich warte morgen am Gatter auf Euch, Tochter des Grafen“, rief ich im Hinausrennen.

„Ich werde da sein, Gilla Gauklerkind“, folgte mir Annas Stimme hinaus.

Kapitel 12
Ja!

Ich kam gerade noch rechtzeitig ins Lager zurück. Milde Blicke begegneten mir von allen Seiten, obwohl ich mich auf Ärger eingestellt hatte. Was für ein Tag! Bestimmt hatte Falko ein gutes Wort für mich eingelegt.

„Hab ich", krächzte er und rieb zärtlich seinen Kopf an meinem Ohr.

Ich lieferte eine großartige Vorstellung, denn ich hatte gute Laune, war vollgestopft und wusste, dass Anna mir zusah.

Wieder schmetterte ich: „Für die Tochter des Grafen!" und das Publikum quittierte meinen Ausruf mit vielen Ho–hos! und A-has! Einer rief sogar: „Wann wird geheiratet?"

Die Leute glaubten tatsächlich nur das, was sie sahen. Da konnte Oswaldo mich noch so oft als ‚Gilla‘ ankündigen, die Leute hielten mich für einen verliebten Bengel. Mir sollte es recht sein.

Als ich mit meiner Familie nach der Vorstellung am Lagerfeuer zusammensaß, konnte ich nicht aufhören, von meinen Erlebnissen auf dem gräflichen Anwesen zu erzählen. Ich verteilte die Dessertkugeln und Lothair rollte das neue Wort genauso genüsslich im Mund herum wie das Mandel-Honig-Konfekt. Begeistert ließ er sich jedes Detail von Annas Garderobe schildern und bat mich, ihm den Kniff mit der Frisur zu demonstrieren. Und während ich die langen Haare meiner halben Maman zu einem kunstvollen Turm aufbauschte, beschrieb ich ihr ausführlich Annas Schlafgemach.

In all meinem Glück bemerkte ich zwar die verschworenen Blicke, die sich die anderen über das prasselnde Feuer hinweg zuwarfen, aber ich dachte mir nichts dabei.

Als das Feuer heruntergebrannt war, nahm mich Oswaldo zur Seite, um mir den morgigen Tagesablauf zu erläutern. „Burga braucht noch Schonung“, sagte er und vermied es dabei, mich anzusehen.

Seltsam, war Oswaldo immer noch schlechter Stimmung wegen Maman? „Du öffnest morgen früh die Schreibstube und tust deine Arbeit. Danach kannst du dich in Dreiteufelsnamen wieder in der Gegend herumtreiben. Abends ist keine Vorstellung, alle werden früh schlafen gehen. Übermorgen brechen wir noch vor Sonnenaufgang auf. Wir werden diesmal lange unterwegs sein, weil Burga sicher viele Pausen brauchen wird, alles klar und verstanden?“

„Alles klar und verstanden“, erwiderte ich und ging ins Schlafzelt, wo ich mich vollkommen glücklich zwischen meine beiden Mamans kuschelte und augenblicklich einschlief.

Am nächsten Morgen weigerte sich Madame La-Bouff erneut, ihr Wahrsager-Zelt aufzusuchen, und zog sich mit ihrem Handarbeitszeug in ihren Schaukelstuhl zurück.

Vor meinem Schreibzelt hatte sich mittlerweile eine Schlange aus Kunden gebildet und ich machte, dass ich an mein Schreibpult kam.

Ich verfasste auf leeren Magen zwei Trauerreden, was gar nicht guttat, und musste den nächsten

Kunden kurz warten lassen, um mir etwas zu essen zu holen. Mit einer Portion warmer Hafergrütze im Magen ging mir das Schreiben schon viel leichter von der Hand. Die drei Hochzeitsgedichte wurden blumig, schmachtend und liebestoll und das Gratulationsschreiben floss wie von alleine aus meiner Feder.

Ich war stolz auf mich. Ich steckte die verdienten Münzen ein und verstaute das Schreibzeug im Schlafzelt.

Dort wurde ich von Jolanda abgepasst, die mich an sich zog und unvermittelt so sehr drückte, dass mir die Luft wegblieb.

„Maman, du zerquetscht mich", schnappte ich.

Abrupt ließ Jolanda mich los, gab mir einen Kuss auf die Wange und marschierte davon.

Was sollte denn das gewesen sein?

Ich hängte mir meinen Beutel um und wollte mich gerade voller Vorfreude auf den Tag mit Anna bei Madame LaBouff abmelden, als ich Grimbert in die Arme lief.

Er hob mich hoch, warf mich in die Luft, als wäre ich ein Kleinkind, fing mich wieder auf, klopfte mir auf den Po, schubste mich in die Richtung, in die ich unterwegs gewesen war und sagte irgendwie betont munter:

„Hopp, geh schon, Kleines!"

Verdutzt lief ich weiter, als ich aus dem Lothair-Zelt unterdrücktes Schluchzen hörte. Es war ein raues Männerweinen, wie ich es noch nie von Lothair gehört hatte. Ich hatte überhaupt noch nie einen Mann weinen gehört.

„Was hat sie denn?", rief ich Grimbert zu.

„Frag mich nicht", antwortete er seufzend. „Ich versteh' anscheinend nix von Frauen und ihren Gefühlen." Düster nickte er in Richtung Wäscheleine, an der Jolanda beschäftigt war.

„Ach Grimbär", sagte ich tröstend. „Du bist nur manchmal wirklich wie ein Holzwurm. Immer mit dem Kopf durch die Wand! Wie wäre es, wenn du Jolanda einfach ein bisschen mehr Zeit lässt", erklärte ich. Dass jeder sein eigenes Tempo hat, hatte ich ja gestern von Anna gelernt. „Pferde und Frauen, da muss man behutsam vorgehen!"

Grimbert sah mich an, als ob ich blaue Ohren bekommen hätte.

„Da wunderst du dich, Tischler, was?", krächzte Falko. „Die Kleine versteht was vom Leben, sie ist schließlich ein Mädchen!"

„Genau", bestätigte ich.

Inzwischen war Lothairs Schluchzen zu einem Weinen geworden.

Ich schlug eine Zeltbahn zurück und fand Lothair aufgelöst auf seinem Lager. Schwarze Kohlestiftränder hatten sich unter seinen Augen gebildet, der Lidschatten war verwischt und der Lippenstift verschmiert. Die Frisur befand sich in Auflösung und in seinem Gesicht spross ein kräftiger Bartschatten.

„Maman, du siehst grauenvoll aus", sagte ich erschrocken.

„Ach Gilla-Täubchen-Chérie-mein-Liebes", schluchzte Lothair. Er zog mich an sich und drückte mich an den üppigen Busen. Dann hielt er mich auf Armeslänge von sich und sagte ernst: „Gilla, was immer passiert ...", und barg seinen Kopf wieder schluchzend im Strohsack.

Ich war ein wenig ratlos und streichelte Lothair eine Weile über den Rücken und murmelte beruhigende Worte. Als alles nichts zu helfen schien, stand ich auf und sagte im Hinausgehen:

„Weißt du was, Maman, ich bring dir einen von Annas Haarkämmen mit. Und vielleicht hat sie ja auch noch eines von den niedlichen Beuteltäschchen fürs Handgelenk übrig. Ich werde sehen, was ich für dich kriegen kann, einverstanden? Au revoir, Madame Schischi."

„Uh, hu, hu, huuuuuu!", weinte Lothair umso lauter.

Kopfschüttelnd kroch ich aus dem Zelt. Was war denn heute in meine Leute gefahren? So hatte ich sie ja noch nie erlebt!

Ich pfiff nach Falko und machte mich daran, bei Madame LaBouff vorbeizuschauen. Sie saß immer noch in ihrem Schaukelstuhl und strickte, was das Zeug hielt.

„Bis heute Abend, Maman", rief ich im Vorbeilaufen.

„Humpf", machte Madame LaBouff.

Doch es klang irgendwie anders gehumpft als sonst. Weinte sie? Ich drehte mich rasch noch mal um, aber Madame LaBouff hielt den Kopf gesenkt, so dass ich nichts erkennen konnte. Dann führte ich Burga durch den Bach auf das Gatter zu, wie ich es gestern auch getan hatte.

„Bleib so lange wie möglich im kalten Wasser stehen", riet ich ihr und klopfte sie am Hals. „Du musst morgen zwei Tagesmärsche überstehen. Und zusammen mit Jolanda solltest du auch mal wieder auftreten. Ich komme mit dem Flechten ganz aus der Übung ..."

Ich duckte mich unter ihr hindurch, um das Gatter zu erklimmen. Dabei sah ich aus den Augenwinkeln, wie Oswaldo bewegungslos auf seinen Stelzen stand und in meine Richtung schaute. Warum tat er das? Ich winkte ihm zu. Oswaldo machte eine tiefe Verbeugung und lüftete dabei seinen Hut.

Ich kletterte auf der anderen

Seite des Gatters hinunter und als ich mich noch mal zu Oswaldo umdrehte, war er verschwunden.

„Sowas", sagte ich.

„Sowas", krächzte Falko und hörte sich ganz unglücklich dabei an.

Heute waren keine anderen Pferde auf der Wiese, nur Sturmvogel stand in seinem abgetrennten Bereich. Nachdenklich stapfte ich auf ihn zu und versuchte, mir einen Reim auf das seltsame Verhalten meiner Familie zu machen.

Vielleicht hatte Jolanda frischen Dill aufgebrüht statt Fenchelkraut? Die beiden Pflanzen sahen sich ziemlich ähnlich, nur dass es von frischem Dillkraut hieß, es mache traurig. Das musste es sein!

Einigermaßen beruhigt begrüßte ich Sturmvogel, der bei meinem Anblick neugierig an den Weidenzaun kam. Er streckte mir den Kopf entgegen und ich streichelte ihm sanft über die Kruppe. Sturmvogel stand ruhig, wirkte entspannt und gelassen. Nichts war mehr übrig von dem verängstigten und fahrigen Pferd, das er gestern noch gewesen war. Nach einer Weile hörte ich jemanden kommen.

Anna!

Ich lief winkend auf sie zu und nahm ihr den Sonnenschirm ab. Anna zog mich an sich und drückte mich, dass mir schon zum dritten Mal an diesem Tag die Luft wegblieb. Misstrauisch schaute ich ihr ins Gesicht, um zu sehen, ob auch sie gleich in Tränen ausbrechen würde, doch das Gegenteil war der Fall. Sie strahlte.

„Gilla, du warst wunderbar gestern", sagte sie und klatschte in ihre Händchen, die heute in hellblauen Spitzenhandschuhen steckten.

„Danke", sagte ich und verbeugte mich galant. „Das war nur für dich."

„Die Leute denken, ich hätte einen Verehrer", kicherte Anna.

„Stimmt ja auch, nur ist es eine Verehrerin", erwiderte ich, den störrischen Sonnenschirm über Anna haltend, als wir gemeinsam zu Sturmvogels Gatter gingen.

„Wo sind all die anderen Pferde?", wollte ich wissen.

„Vater ist mit seinem Gefolge nach Domstadt geritten. Regierungsgeschäfte", antwortete Anna. Sie holte aus ihrem Ärmel ein Tüchlein und wischte sich damit über das schweißnasse Gesicht.

„Geht's?", fragte ich.

„Sicher, ich bin ja nicht aus Zucker", antwortete sie tapfer und steckte das Tüchlein wieder weg.

„Das hast du gestern aber noch ganz anders gesehen!"

„Gestern konnte ich ja auch noch nicht reiten und tanzen", erwiderte sie.

„Natürlich!", rief ich, indem ich mir mit der Hand gegen die Stirn schlug und tat, als hätte ich es vergessen. „Ich wollte dir ja beibringen, wie man reitet. Ohnmächtig auf einem Pferd herumliegen kannst du ja schon."

„Und ich wollte dir die Zitrusbäume in unserer Orangerie zeigen. Zitronenseifenwasser austrinken kannst du ja schon", sagte sie triumphierend. „Du brauchst den Sonnenschirm übrigens nicht für mich zu tragen."

„Mach ich aber gerne", erwiderte ich. „Ist deine Mutter wieder zurück?"

Anna nickte.

„Geht's ihr besser?"

Mit verkniffenem Mund schüttelte Anna den Kopf.

„Sie will einfach nicht aufstehen", sagte sie hilflos.

„Ach, warte es nur ab, wenn du erst mal reiten kannst, könnt ihr zusammen Ausflüge machen. Auf Sturmvogel und Windbraut. Na, wäre das nichts?"

„Mutter ist schon seit Jahren nicht mehr geritten", entgegnete sie traurig.

„Du wirst schon sehen, du wirst schon sehen", beruhigte ich sie und klang ganz wie der doofe Waldhorcher, der mich bei der Rast aufgestöbert hatte.

Wir holten Sturmvogel aus seinem Gatter und erklärten ihm unser Vorhaben. Dabei stellte ich fest, dass er heute ein Halfter trug.

„Wunderbar", sagte ich. „Es kann losgehen."

„Du vertraust uns, wir vertrauen dir und wir beide vertrauen Gilla, nicht wahr?", fragte Anna unsicher und sah mich zweifelnd an.

„Wir schaffen das, alle drei", sagte ich, machte für Anna eine Räuberleiter und lupfte sie mit Hilfe ihres gesunden Beines aufs Pferd. Doch Anna hing wie ein halbleerer Mehlsack quer über Sturmvogel und jammerte.

„Aua, autsch, ich kann die Beine nicht so weit auseinander machen", sagte sie. „Ich werde auf Sturmvogel nicht sitzen können."

Ich überlegte. Das hatte ich nicht bedacht. Wie war sie nur gestern auf dem Tisch gesessen? Jetzt fiel es mir ein. Sie hatte erst gekniet und später die Beine seitlich an sich herangezogen.

„Anna, ich hab's. Du musst im Seitsitz reiten", schlug ich vor und half ihr, so auf dem Pferd zu sitzen, dass sie beide Beine auf der linken Seite herabhängen lassen konnte.

„So ist es besser", meinte Anna erleichtert und hielt sich krampfhaft an der Mähne des Pferdes fest.

Langsam führte ich Sturmvogel am Halfter auf der Koppel hin und her und ließ Anna die Balance finden. Nach einigen Runden saß sie mit durchgedrücktem Rücken und stolzem Lächeln sicher auf dem Hengst.

„Du bist ein Naturtalent", jubelte ich. „Dein Vater muss dir bloß einen speziellen Sattel anfertigen lassen, dann kannst du irgendwann sogar auf die Jagd gehen."

„Ich reite!", rief Anna und stieß einen Freudenschrei aus. Sturmvogel machte einen kleinen Hopser. „Huch!", schrie Anna und krallte sich fest.

„Bravo!", kommentierte Falko, der unermüdlich über der Koppel kreiste. „Bravo, bravo, bravo!"

Anna lachte, dass man es über die ganze Wiese hören konnte.

„Gilla, ich werde dir nie vergessen, dass du mir als Krüppel zugetraut hast, dass ich reiten kann", rief sie. Ihre Wangen leuchteten.

„Ich glaube trotzdem, du brauchst eine Pause", sagte ich und half ihr von Sturmvogels Rücken. „Nicht, dass du die nächste Runde wieder schlafend zurücklegst. Und übrigens, Krüppel ist echt ein hässliches Wort. Du kannst doch nichts dafür, dass deine Hüfte nicht richtig funktioniert. Niemand kann was dafür, wenn irgendwas am Körper nicht richtig geht, oder nicht?“

Anna nickte nachdenklich. „Und ehrlich gesagt, habe ich mich nie wohler gefühlt. Du kannst dir nicht vorstellen, wie frei ich mir gerade vorgekommen bin. Ich kann reiten, ich kann reiten, ich kann reiten!“, jubelte sie.

Anna drückte mich noch einmal an sich. Heute schien der ‚Wir-umarmen-Gilla-Tag‘ zu sein!

„Also du hörst auf mit dem Krüppel-Gequatsche, ja?“, hakte ich nach. „Wer hat dir das nur eingeredet? Du hast eine kaputte Hüfte, na und? Du siehst doch, mit ein bisschen Köpfchen kannst du alles hinkriegen. Sieh dir nur den Großen Oswaldo an. Er ist kleinwüchsig. Ist er deswegen weniger wert? Überhaupt nicht!“

Von Kindesbeinen an hatte ich bei den Gauklern gelernt, dass anders zu sein ein Geschenk war, das denjenigen gemacht wurde, die es zu nutzen wussten.

Jeder aus meiner Familie hatte dieses Geschenk angenommen und jeder nutzte es auf seine Weise.

„Ich zum Beispiel bin nur eine unwürdige Krähe und tue einfach so, als sei ich ein Falke. Und was nutzt es mir?", krächzte Falko.

„Keine Ahnung", antworteten Anna und ich aus einem Munde.

„Als Falke bin ich der König der Lüfte und das ist schööön", krähte Falko und drehte eine weitere Runde über unseren Köpfen.

„Ihr habt recht", murmelte Anna und seufzte tief.

Wir übten und übten. Anna war unersättlich. Nach unzähligen Runden auf der gräflichen Koppel war Anna sogar so weit, ein

kurzes Stück im Trab zurückzulegen. Und das alles ohne Sattel oder Zügel!

„Ich möchte morgen nicht deinen Popo haben", sagte ich mitleidig.

„Ach, was sind schon ein paar blaue Flecken gegen all den Spaß, den ich heute habe." Stöhnend ließ Anna sich vom Pferd gleiten. „Ich komme um vor Hunger", sagte sie und hielt sich die schmerzende Hüfte.

„Ich wusste es doch!", rief ich triumphierend.

Doch wie sich herausstellte, konnte Anna jetzt zwar reiten, aber nicht mehr laufen. Halb trug ich sie, halb wankte sie neben mir her, als wir auf dem schmalen Kiesweg hinter dem Schloss auf die Orangerie zuliefen.

„Ich bin dann mal weg", krächzte Falko. „Vielleicht komme ich später nochmal. Schönen Tag euch!", rief er und flog davon.

„Schräger Vogel, du!", rief ich ihm vergnügt hinterher.

„Zitruspflanzen brauchen das ganze Jahr über viel Wärme", erklärte Anna, während ich sie neben mir her schleifte. „Deswegen hat Vater, autsch, einen Jahresgarten erfunden. Durch das Glasdach heizt sich die Orangerie von alleine auf und wir haben immer frische Früchte. Oh Mann, tut das weh. Die Zitronenbäume haben gleichzeitig Blüten und Früchte, ist das nicht außerordentlich?", japste Anna atemlos vom Humpeln.

Ich hatte solch ein Bauwerk noch nie gesehen. Es war eine Art überdachter Garten, mit großen Bogenfenstern und einem gewölbten Dach aus vielen kleinen Bleiglasscheiben. Das ganze Gebäude war so luftig und durchsichtig, dass man von außen hineinschauen und die Pflanzen sehen konnte.

Als Anna die Flügeltüren öffnete, schlug mir eine feuchte Wärme entgegen, die unvergleichlich fruchtig und sauer zugleich roch. Die Luft ließ mir förmlich das Wasser im Munde zusammenlaufen! Die großen Orangen- und Zitronenbäume wuchsen jedoch nicht in der Erde, sondern in riesigen Tontöpfen. Bäume in Töpfen, das konnte ja wohl nicht wahr sein.

Anna bemerkte meinen Blick.

„Praktisch, nicht? So können die Pflanzen mal hier und mal dort stehen."

„Mal hier und mal dort", wiederholte ich. „Alles klar."

Anna lachte: „Ja, warum denn nicht? Es sind eben, sagen wir, Gauklerbäume."

Zwischen den großen Pflanzen standen kugelig geschnittene Mandarinenbäumchen in kleineren Töpfen. Die Zitronenbäume trugen große gelbe Früchte und ich fragte Anna, ob ich mir zur Erinnerung eine abpflücken dürfe. Die Schale hinterließ beim Ernten auf meinen Fingern eine hauchdünne weißliche Schicht und ich musste immer wieder an meiner Hand riechen. Die Zitrone steckte ich in meine Westentasche, wo sie eine geheimnisvolle, duftende Beule verursachte. Anna pflückte zwei Orangen und holte aus der Schublade eines kleinen Geräteschrankes ein Messer. In der Mitte des gläsernen Zitrushains gab es einen gepflasterten Platz, auf dem ein weißes Tischchen mit zwei Stühlen stand. Der Tisch war mit allerlei Schalen bedeckt, die mit buntem Naschwerk gefüllt waren.

Ein großer Krug mit Zitronenwasser stand bereit.

„Trinken oder Hände?", fragte ich und deutete misstrauisch auf den Krug.

„Trinken“, sagte Anna schmunzelnd und goss uns die Becher voll. Durstig tranken wir noch im Stehen und setzten uns dann zum Essen an den Tisch.

Inmitten der fremdländischsten Bäume, die ich je gesehen hatte, saß ich mit meiner ersten und einzigen Freundin und genoss die kurze Zeit, die uns noch miteinander blieb, in vollen Zügen.

Anna schälte die Orangen, öffnete sie und reichte mir eine Hälfte. Ich wollte abbeißen, wie von einem halben Apfel, doch Anna zeigte mir, wie man die Orange Schnitz für Schnitz aß. Der Orangensaft lief mir übers Kinn, als ich die ungewohnte Frucht verspeiste.

Ich sog die vielen neuen Eindrücke mit allen Sinnen in mich auf, um mich möglichst lange daran erinnern zu können: Riechen, Schmecken, Sehen, Fühlen und Hören; alles war Anna und ich, ich und Anna. Immer wieder ließ ich meine Hand über die porige Schale der warmen Zitrone in meiner Westentasche gleiten und schaute mich staunend um.

Und jetzt fielen sie mir endlich auf: die Schmetterlinge. Wohl ein Dutzend Stück, handtellergroß, die Unterseite der Flügel braun und mit Flecken gesprenkelt. Wenn die Schmetterlinge mit zusammengelegten Flügeln auf den Blättern saßen, sahen die Flecken wie gelb umrandete Augen aus, während die Oberseite der Flügel von einem so intensiv leuchtenden Blau war, dass es mir wie ein Wunder vorkam.

„Man nennt sie Himmelsfalter", sagte Anna und streckte ihre Hand aus.

Ich tat es ihr nach. Still saßen wir da und warteten ab. Zwei Himmelsfalter näherten sich uns in taumelndem Flug. Einer landete auf Annas Teller mit der halb aufgegessenen Orange und tunkte seinen Rüssel in den ausgelaufenen Saft. Der andere entschied sich für meinen Handrücken. Sachte kitzelten seine Beine, während der Schmetterling sanft die Flügel schloss. Ich hielt den Atem an, um ihn nicht zu verscheuchen. Ein paar Wimpernschläge später öffnete der Schmetterling seine Flügel und flog davon. Auf meinem Handrücken blieb das prickelnde Gefühl, das seine haarfeinen Beine hinterlassen hatten.

„Oh, da ist so ein armer Kohlweißling natürlich nichts dagegen", hauchte ich ehrfürchtig und dachte an die kleinen weißen Schmetterlinge, die im Frühling über Feld und Wiesen torkelten.

Da betrat eine Frau die Orangerie und kam leise an unseren Tisch. Sie sah aus wie eine erwachsene Anna.

„Mutter", rief Anna erstaunt.

„Lasst euch nicht stören", sagte die Gräfin und blickte amüsiert zwischen Anna und mir hin und her.

Ich sprang auf, riss mir die Kappe vom Kopf und machte einen Knicks.

„Das ist Gilla", stellte mich Anna vor.

„Ich weiß", erwiderte die Gräfin und lächelte. „Vater hat mir von ihr erzählt. Du scheinst ein sehr erstaunliches Mädchen zu sein, Gilla."

Obwohl sie milde lächelte, war es mir, als ob sie mich mit ihrem Blick gefangen hielt. Ich konnte nichts weiter tun, als ihr unverwandt in die Augen zu starren. Nicht wir, sondern unsere Gedanken schienen sich miteinander zu unterhalten. Mein Herz klopfte. Es kam mir vor wie eine Ewigkeit, als die Gräfin endlich ihren Blick von mir nahm und murmelte:

„Ich wünsche euch beiden einen schönen Tag."

Dann ergriff sie eine meiner Haarsträhnen und ließ sie durch ihre Finger gleiten.

„Leb wohl, Gauklerkind", sagte die Gräfin, legte Anna kurz die Hand an die Wange, um ihre Körpertemperatur zu fühlen und verließ die Orangerie so leise, wie sie gekommen war.

„Puh“, sagte ich und stieß die angehaltene Luft wieder aus.

Anna seufzte.

„Tja“, meinte sie unsicher.

„Nein, ich meinte mit puh! nicht, puh, wie schrecklich, sondern puh, was für eine Mutter. Sie ist ... sie ist ... irgendwie ... ich weiß auch nicht, jedenfalls habe ich eine Gänsehaut bekommen“, stotterte ich.

„Seltsam ...“, sagte Anna. „Ich glaube, es war das erste Mal, dass Mutter die Orangerie betreten hat ...“

Dann schüttelte sie ihren Kopf, als wollte sie sämtliche Gedanken darin verscheuchen.

Nach den Süßigkeiten in der Orangerie ging es Anna wieder besser und wir spielten ewig Verstecken in den alten Kellergewölben unterm Schloss, dass wir erst wieder auftauchten, als die Sonne bereits untergegangen war und einige wenige Sterne am Himmel blinkten. Wir klopften uns erschöpft die Spinnweben aus Kleidung und Haaren und sahen uns mit staubigen Gesichtern glücklich an.

„Das war schön, Gilla“, sagte Anna.

„Fand' ich auch", antwortete ich.

Dann steckte ich die Hände in die Hosentaschen und trat verlegen von einem Fuß auf den anderen.

Ich hasste das, was jetzt kommen musste. Den ganzen Tag hatte ich mich bemüht, nicht daran zu denken, doch nun war es an der Zeit, Abschied zu nehmen.

„Anna, ich sollte jetzt heimgehen", meinte ich. „Wir brechen bei Sonnenaufgang auf."

Bei diesen Worten zog sich mein Magen zusammen und mein Hals wurde urplötzlich eng.

„Ja, jetzt ist es wohl so weit", sagte Anna und in ihren blauen Augen sammelten sich Tränen, die helle Spuren durch den Staub auf ihren Wangen zogen.

„Comtesse, Ihr seid schmutzig wie ein Bauernlümmel", sagte ich und räusperte mich, um den Kloß im Hals loszuwerden.

„Dem Himmel sei Dank dafür", antwortete Anna und zog die Nase hoch.

Dann fing sie an zu schluchzen.

Ich zog sie an mich und drückte sie so innig, wie ich noch niemals jemanden gehalten hatte.

Ich wollte sie gar nicht wieder loslassen, weil ich das Gefühl hatte, mein Herz war gerade dabei, sich an ihres zu schmiegen.

„Leb wohl", presste ich hervor.

„Du auch", flüsterte Anna.

„Ich schätze, ich ...", stotterte ich.

„Ich schätze, ich dich auch ...", antwortete Anna.

Sie zog den gekräuselten Rand ihres Seidenbeutelchens auseinander, griff hinein und reichte mir eine kleine, hölzerne Figur. Es war das geschnitzte Sturmvogel-Holzpferdchen, das auf ihrem Kaminsims gestanden hatte!

„Damit du mich und Sturmvogel nicht vergisst", sagte sie.

Auch ich hatte etwas für Anna vorbereitet und holte es nun aus meinem Beutel.

„Ein Comtesse-Anna-Gedicht", erklärte ich. „Hab' ich nur für dich geschrieben. Ist geheim!"

„Danke", hauchte Anna und brach wieder in Schluchzen aus. Ich blinzelte meine Tränen weg und schluckte ein paar Mal.

„Werden wir uns jemals wiedersehen?", fragte Anna.

„Natürlich werden wir das", antwortete ich ohne zu zögern, obwohl es wie eine Lüge klang. Denn wie sollte das möglich sein? Wir Gaukler reisten ohne Plan und kamen kaum zwei Mal in dieselbe Stadt.

„Ich vertraue dir ...", sagte Anna.

„... und ich vertraue dir", sagte ich.

Dann schnappte ich meine Tasche, warf sie mir über die Schulter und reichte Anna die Hand.

„Habe die Ehre, Comtesse", quetschte ich mit belegter Stimme hervor, tippte an meine Kappe und stürmte davon.

Ich rannte und rannte und blieb erst weit draußen auf der Koppel stehen, um wieder zu Atem zu kommen. Ich betrachtete das Schloss, das dunkel und ruhig in der mondlosen Nacht lag.

„Auf Wiedersehen, Anna", sagte ich und fühlte mich so unendlich traurig, dass es mir wie ein stechender Schmerz durch den Körper fuhr. Und als ob eine riesige Faust mich umklammert hielt, fiel mir jetzt auch das Atmen schwer. Ich hatte nicht gewusst, dass Kummer wirklich so wehtun konnte. Mit dem Rücken an Sturmvogels Zaun gelehnt, schluchzte ich meinen Abschiedsschmerz hinaus.

Als meine Tränen einigermaßen versiegt waren,
machte ich mich auf den Heimweg ins Lager.

Kapitel 13
Von Wiesenwisperchen, Dunkelgrummeln und Wurzelwerfern

Am Gatter angekommen musste ich feststellen, dass Burga bereits ins Lager geholt worden war.

Ich hoffte sehr, dass ihr der zusätzliche Ruhetag gutgetan hatte und sie morgen früh stark genug für unsere Reise sein würde. Beim Laufen ließ ich meine Finger über die glatt polierte Oberfläche des Holzpferdchens gleiten.

Es war eine ziemlich dunkle Nacht, und ich freute mich, dass mir Falko entgegen geflattert kam. Er hatte uns nach dem Ausflug in die Orangerie wieder aufgestöbert, sich aber standhaft geweigert, mit uns in die Gewölbe zu kommen und war deshalb schon vor Stunden ins Lager zurückgeflogen.

„Na, hast du Angst gehabt, ich finde nicht heim, Adlerauge?", neckte ich ihn.

Falko setzte sich auf meine Schulter und stieß einen unbestimmten Krächzer aus.

„Es sind wohl alle schon schlafen gegangen, was?", fragte ich, weil ich aus der Ferne auf dem Lagerplatz keinen Feuerschein entdecken konnte, doch Falko gab keine Antwort.

„Hallo? Vogel?"

Ich bekam ein ungutes Gefühl im Bauch.

Je näher ich dem Lager kam, desto seltsamer fühlte es sich an.

„Falko, sei ein guter Falke und flieg voraus. Ich glaube, ich hab mich doch verlaufen. Da vorne müsste das verflixte Lager sein, ist es aber nicht", brummte ich verwirrt.

Ich lief noch ein paar Schritte weiter und blieb dann abrupt stehen.

Wirklich seltsam, ich musste vom Weg abgekommen sein. Aber ich war die ganze Zeit dem Bachlauf gefolgt. Ich hatte denselben Weg genommen wie gestern und heute Morgen.

Aber wo war das Lager hin?

„Falko!", zischte ich beunruhigt. „Nun bring mich endlich heim, Krähe."

„Gilla, Schatz, du ...", krächzte er leise. Doch ich wollte jetzt nicht zuhören, sondern schnappte ihn mir von der Schulter und warf ihn in die warme Nachtluft.

„Flieg schon!", rief ich ärgerlich.

Falko flatterte davon und ich musste mich sehr anstrengen, damit ich ihn in der Dunkelheit nicht aus den Augen verlor.

Nach einer Weile blieb ich stehen, weil ich das Gefühl hatte, dass sich der Boden unter meinen Füßen irgendwie seltsam anfühlte. Ich bückte mich und stellte fest, dass ich mitten in den Resten eines erkalteten Lagerfeuers stand. Unseres Lagerfeuers!

Überrascht drehte ich mich einmal um mich selbst, doch mein Verstand weigerte sich zu glauben, was meine Augen sahen: Das Lager war verschwunden!

Ich taumelte ein paar Schritte zurück.

Das konnte doch wohl alles nicht wahr sein.

Waren meine Leute wirklich ohne mich aufgebrochen?

„Maman?", rief ich zaghaft. „Maman? Grimbert, Lothair, Oswaldo? Wo seid ihr denn alle?"

Doch es antworteten nur ein paar Grillen mit schrillem Gezirp und im Grunde meines Herzens wusste ich längst, dass alles Rufen nichts nützen würde.

Sie waren weg.

Ich war fassungslos und am Boden zerstört.

„Mist verdammter. Rattendreck. Eselfurz", fluchte ich aus vollem Halse. Dann setzte ich mich auf den Boden. „Falko, habe ich den Großen Oswaldo etwa falsch verstanden? Nein, er hat angekündigt, dass wir zusammen in aller Frühe aufbrechen würden."

Falko nickte unglücklich.

„Waren sie sauer auf mich, weil ich mich herumgetrieben habe? Vielleicht ... Aber Oswaldo hat mir doch sogar persönlich erlaubt, den ganzen Tag unterwegs zu sein."

„Kroah", machte Falko.

„Vielleicht haben wir sie ja auch nur knapp verpasst? Falko, nun rede doch, was ist passiert?"

Falko schüttelte sein Gefieder.

„Ich war unterwegs …", murmelte er. „Habe es
auch gerade erst entdeckt."

„Könnte es sein, dass ich die Truppe nur knapp
verpasst hatte?", fragte ich weiter und nahm gar
nicht wahr, wie unwohl Falko sich fühlte. „Vielleicht hat Oswaldo nicht Sonnenaufgang, sondern
Sonnenuntergang gemeint! Aber schau, im Lagerfeuer ist kein bisschen Glut mehr. Sie haben es vor
Stunden gelöscht!"

Ich atmete tief durch. Mir war so schlecht, dass
ich mich am liebsten übergeben hätte. Meine
Hände zitterten wie Espenlaub.

„Ach Gilla-Kind", krächzte Falko und rieb seinen
Kopf an meiner Schläfe. „Es wird schon alles wieder …"

„Ich versteh es einfach nicht!", rief ich.

Mir fiel das bizarre Verhalten meiner Familie von
heute Morgen ein. Irgendwas hatte die ganze Zeit
nicht mit ihnen gestimmt! Und kaum war ich weg
gewesen, hatten sie sich aus dem Staub gemacht
und mich allein zurückgelassen! War es das?

„Falko, haben sie mich etwa absichtlich verlassen?" War ich ausgesetzt worden? Schon zum zweiten Mal in meinem Leben? Mit einem Mal fühlte ich mich so einsam, dass ich am liebsten auf der Stelle gestorben wäre. Ich barg mein Gesicht in den Händen und konnte nicht mehr aufhören zu weinen. Und nur Minuten zuvor hatte ich noch geglaubt, dass für diesen Tag genug Tränen geflossen waren!

Immer und immer wieder ging ich im Kopf unsere Gespräche am Lagerfeuer durch, um herauszufinden, ob ich doch etwas falsch verstanden oder überhört haben könnte. Aber so sehr ich mir auch den Kopf zerbrach, ich kam immer zum gleichen Ergebnis: Sie hatten mich im Stich gelassen, sie hatten mich ganz offensichtlich loswerden wollen.

Als sich mein Gefühlssturm ein wenig gelegt hatte, vernahm ich das unermüdliche Murmeln winziger Stimmchen neben mir im Gras. Eine Gruppe Wiesenwisperchen hatte sich um mich versammelt.

„Wieso, wieso, wieso? Hat sie es denn nicht gesehen?", flüsterten sie.

„Was denn gesehen?", fragte ich und fuhr mit dem Ärmel über die Nase.

„Weil, weil, weil. Sie haben Abschied genommen", wisperten sie und nickten mit den großen Köpfen. „Weise, Weise, Weise. Jeder auf seine."

„Ja, aber warum denn, um Gottes Willen?", brüllte ich in die Dunkelheit.

„Krächz", machte Falko erschrocken.

„Na, prima, da hast du auch keine Antwort drauf, Vogel, was?", schimpfte ich. Gleich darauf tat es mir leid. Schließlich war Falko nicht einfach abgehauen.

„Tut mir leid, Falko."

Ich weinte. Doch die Wiesenwisperchen waren noch nicht zufrieden.

„Wahrheit, Wahrheit, Wahrheit. Will sie denn keine Antwort?", flüsterten sie durcheinander.

Natürlich wollte ich eine Antwort bekommen! Ich wäre nicht Gilla Gauklerkind, wenn ich mir das gefallen lassen würde! Sie sollten mir ins Gesicht sagen, warum sie mich verlassen hatten. Sie glaubten wohl, ihre Ruhe vor mir zu haben, wenn sie mich einfach aussortierten wie ein kaputtes Rad. Aber nicht mit mir!

„Nicht mit mir“, schrie ich. „NICHT MIT MIR! Und wenn es das Letzte ist, was ich tue. Ich werde euch finden und dann will ich eine Antwort!“

Die Wiesenwisperchen raschelten erfreut mit ihren Flügeln.

„Wirklich, wirklich, wirklich“, raunten sie. „Sie ist ein tapferes Kind.“ Dann wuselten sie tuschelnd davon.

Es tat gut, einen Plan zu haben, auch wenn ich wusste, dass ich sowieso nichts anderes tun konnte, als zu versuchen, meine Leute wieder zu finden.

Die Wut verlieh mir neue Kräfte und ich wollte nicht noch mehr Zeit verlieren. Wehleidiges Geheule führte nur dazu, dass der Abstand zu meiner Familie größer und größer wurde. Wenn ich sie einholen wollte, musste ich mich sputen.

Falko spürte meinen Tatendrang und flatterte aufgeregt um mich herum.

„Sieh mal, Gilla", krächzte er und umrundete etwas Dunkles auf dem Boden.

Ich trat näher und erkannte die hölzerne Rückentragekiepe, die Jolanda zum Einkaufen auf den Märkten benutzte. Sie war vollgestopft mit meinen Habseligkeiten. Ich erkannte mein Kissen und verzichtete darauf nachzuschauen, was noch alles darin war.

„Aaaarrrhhh", brüllte ich und gab der Kiepe einen heftigen Fußtritt. „Ihr vermaledeiten Stinktiere", wütete ich. „Ihr dreckigen Schweine, ihr saudummen Rindviecher, ihr Nachkommen von Eseln! Ich wünsche euch die Läuse in die Haare und die Krätze an den Bauch. Sollen eure Füße verfaulen und die Nägel abfallen. Mögen euch eitrige Furunkel wachsen und schleimige Würmer aus der Nase kriechen!" Ich musste nach Luft schnappen, verunglimpfte anschließend noch ein paar unschuldige Tiere und setzte zum Abschluss die drei derbsten Flüche drauf, die ich kannte.

Danach ging es mir ein wenig besser und ich stopfte meinen Beutel in die Kiepe, wuchtete sie entschlossen auf den Rücken und stapfte los. Ich war so übelgelaunt und unfassbar zornig, dass ich buchstäblich vor Wut schäumte. Ich wischte mir den Speichel vom Mund, biss die Zähne zusammen und rannte fast aus dem Dorf. Dann folgte ich dem Weg die steilen Weinberge hinauf, während mir die Tränen aus den Augen liefen.

Erst nach einiger Zeit, als mir die Trageriemen der Kiepe immer schmerzhafter in die Schultern schnitten, kam mir der Gedanke, dass meine Familie, hätte sie wirklich gewollt, dass ich sie einhole, mir nicht mein ganzes Hab und Gut dagelassen hätte. Doch ich tröstete mich mit der Vorstellung, dass es sich wohl um eine Erziehungsmaßnahme im Sinne von ‚Wenn Gilla nicht zur rechten Zeit im Lager ist, gehen wir erstens schon mal ohne sie los und zweitens kann sie ihr Zeug gefälligst allein tragen‘ handeln müsse.

Als ich die Weinberge hinter mir gelassen hatte, entschied ich mich für den Fahrweg, der in die nächste größere Stadt zu führen schien, denn er war breit und lief schnurgerade am Waldrand entlang.

Meine Augen hatten sich inzwischen zwar so gut an die Dunkelheit gewöhnt, dass ich in der Ferne bestimmt den ein oder anderen Lichtschein hätte erkennen müssen, aber ausgerechnet heute war es so düster, dass ich gerade mal bis zum nächsten Baum sehen konnte.

„Verflieg dich bloß nicht", sagte ich zu Falko, „ich lauf dir nämlich einfach nur hinterher."

„Besser nicht", erwiderte Falko. „Nicht mal gute Falkensicht heute Nacht."

Dumpf vor mich hinbrütend, machte ich einen Schritt nach dem nächsten, wobei ich beständig das Gefühl hatte, dass ich trotz meines zügigen Tempos kaum vorankam. Ich hatte zwar ein Ziel im Kopf, aber keines vor Augen, das machte es nicht gerade leichter. Noch dazu begann der Weg zunehmend steiniger und unebener zu werden. Wie konnte das denn sein?

Irritiert sah ich mich um und stellte fest, dass die breite Fahrstraße in einen schmaleren Waldweg übergegangen war. Wann war das geschehen?

Ächzend richtete ich mich auf, so gut es ging, und schaute in die Richtung, in der ich das Tal vermutete. Doch alles, was ich erkennen konnte, war dichter Tannenwald. Alarmiert blickte ich um mich. Tatsächlich, ich war umgeben von dunklen, unheimlich rauschenden Schwarztannen.

Ich schüttelte den Kopf und marschierte einfach weiter. Das konnte doch einfach nicht wahr sein, oder? Doch spätestens nach hundert Schritten ließ es sich nicht länger leugnen: Ich musste vom Weg abgekommen sein oder die falsche Abzweigung genommen haben.

„Wärst du nicht so vertieft in deine niederträchtigen Rachefantasien gewesen, hättest du dich nicht verlaufen, du dummes Kind", krächzte Falko vorwurfsvoll. „Das hast du nun davon."

„Was?", rief ich.

Doch Falko saß auf einem Baumstumpf und schüttelte den Kopf.

„Ich habe nichts gesagt", murmelte er niedergeschlagen.

Für einen Moment stand ich mucksmäuschenstill und rührte mich nicht. Man hörte nur meinen keuchenden Atem. Die Geräusche des Waldes wurden immer unheimlicher. Als ein Windstoß durch die Tannen fuhr, hörte ich, dass sie mich mit ihrem Gewisper verhöhnten.

„Verlaaaauuuuuffffen, verlaaaauuuufffffen", raunten sie schadenfroh.

Mich fröstelte.

„Haltet den Mund", raunzte ich und schlang die Arme um mich.

Plötzlich war mir eiskalt.

Da ertönte zu allem Unglück auch noch der Ruf eines Waldkauzes und aus Gewohnheit murmelte ich: „Käuzchen, Käuzchen, wie lange werde ich noch leben?", und zählte seine Rufe.

Es waren drei. Drei Jahre hatte ich also noch zu leben. Es könnten aber auch nur noch drei Tage sein, so wie es im Moment aussah.

„Schöne Aussichten, Gilla", wisperte ich mutlos.

Ich war eine Waise, verlassen und ohne Zuhause, ich hatte mich verlaufen und stand mitten in der Nacht verloren in einem Wald, nur begleitet von

einer kleinen Krähe. Konnte es eigentlich noch schlimmer kommen?

„Laaaauuufff", riefen die Tannen. „La-ha-haa-auuufff, Mä-hä-hääädchen."

„Aber wohin denn?" Meine Stimme war nur ein leises Kieksen.

„Das Beste ist, wir kehren um", meldete sich Falko. „Wir gehen den Weg zurück und finden wieder auf die Straße, ganz einfach."

„Einfach, einfach", äffte ich ihn nach. „Wir haben doch nicht auf den Weg geachtet. Was, wenn sich der Pfad andauernd verzweigt?"

„Raaauuus, reeeiiin", tosten die Tannen.

„Ich bring uns hier raus, Gilla-Mädchen, vertrau mir“, sagte Falko mit einer dunklen, gütigen Männerstimme, die sich verdammt nach Grimberts anhörte und pickte mich am Ohr.

Ich dachte kurz nach. Doch was blieb mir schon anderes übrig, als auf meine Krähe zu hören und den Rückweg anzutreten? Vielleicht führte der Weg schnurgerade aus dem Wald und ich hatte nur einen klitzekleinen Umweg gemacht?

Doch natürlich kam es, wie es kommen musste, und der Pfad verzweigte sich gewissermaßen alle zehn Schritte. Wahllos nahm ich mal diese, mal jene Abzweigung, hoffend, dass die Richtung annähernd stimmte.

„Kannst du nichts von oben erkennen?“, fragte ich Falko, als er nach einem Erkundungsflug zurückkam.

Doch er schüttelte den Kopf.

„Nebel in den Senken“, teilte er mit. „Ich erkenne nicht, wo Berge oder Tal sind. Wir bleiben sicherheitshalber rechts. Ich will auch nicht zu weit aufsteigen, was, wenn ich dich nicht mehr finde?“

Ich nickte müde und schleppte meine schwere Kiepe orientierungslos den Weg entlang.

Allmählich schwanden mir die Kräfte. So erschöpft hatte ich mich noch nie gefühlt. Als ich glaubte, keinen einzigen Schritt mehr machen zu können, beschloss ich, mich ein wenig auszuruhen.

Am Wegesrand erkannte ich schemenhaft einen großen Felsen.

„Anlehnen", murmelte ich und trat einen wackeligen Schritt darauf zu.

Doch in der Dunkelheit übersah ich, dass vor dem Felsen ein Graben entlanglief und stolperte mit einem Bein hinein. Ich prallte auf weichen, morastigen Untergrund, fand jedoch keinen Halt, knickte um und hörte, wie mit einem schnalzenden Knall etwas in meinem Fußgelenk riss. Mein Schrei war hoch und gellend. Der jähe Schmerz schickte wirbelnde Punkte vor meine Augen und für einen kurzen Moment sah ich nichts als bodenlose Schwärze. Ich hörte Falko entsetzt krächzen, griff hilflos ins Leere und wurde von der schweren Kiepe vollends in den Graben gezogen. Beim Fallen stieß ich mit dem Kopf an einen spitzen Stein und spürte, wie warmes Blut meine Schläfe hinab rann. Dann muss ich ohnmächtig geworden sein.

Ich erwachte vom hartnäckigen Gezupfe an meinem Ärmel und den klopfenden Schmerzen, die in Einklang mit meinem Herzschlag durch das linke Bein pulsierten. Als ich die Augen öffnete, stellte ich keinen großen Unterschied fest. Es war immer noch stockdunkel. Wer hatte mich geweckt? Eine Horde Dunkelgrummel lugte vom Grabenrand auf mich herunter, von wo aus sie auf meinen Arm eingetrommelt hatten.

Stöhnend zog ich ihn an den Körper.

„Wanderkind wieder wach", brabbelten sie und hopsten begeistert auf und ab. „Weitergehen, weitergehen", brummelten sie.

Ich hob meinen Kopf, in dem es dröhnte, wummerte und rauschte. Ich konnte nicht viel erkennen und stellte erschrocken fest, dass ich selbst die Dunkelgrummel nur verschwommen wahrnehmen konnte.

„Falko?", rief ich unsicher und die Dunkelgrummel verzogen sich eilig in den Wald.

„Hier", sagte er. „Hab Wache gehalten."

„Mit meinem Fuß stimmt was nicht", wimmerte ich und bewegte den Oberkörper, um die Rückengurte der Trage abzustreifen.

Ich biss die Zähne zusammen und wand mich so lange weinend hin und her, bis ich die Riemen losgeworden war. Dann drückte ich die Trage etwas zur Seite, so dass sie längs in den Graben kippen konnte. Erleichtert lehnte ich mich an die kühle Böschung und bemerkte gleichzeitig, dass der Graben Wasser führte und ich in fingertiefem Schlamm lag.

Ich versuchte, mich bequemer zu platzieren und bewegte dabei unbedacht meinen verletzten Fuß. Der Schmerz raubte mir den Atem und eine Welle der Übelkeit schwemmte über mich hinweg. Urplötzlich hatte ich das Gefühl, mich übergeben zu müssen. Tapfer schluckte ich den Speichel, der mir im Mund zusammengeflossen war und atmete mit offenem Mund langsam ein und aus ... ein und aus ...

Auf meiner Stirn spürte ich kühlen Schweiß. Mein Magen krampfte sich zusammen. Unerbittlich, immer wieder. Es half alles nichts. Ich beugte mich zur Seite und übergab mich würgend in den Graben.

„Maman", schluchzte ich. „Helft mir doch ..."

Falko hüpfte un-
entwegt auf dem
Grabenrand hin und
her.

„Ich bin da", ver-
suchte er mich zu be-
ruhigen. Seine
Stimme klang heiser
und dumpf. So hatte
ich Falko noch nie
gehört. „Ich bin da",
krächzte er wieder
und hörte sich dabei
kein bisschen zuver-
sichtlich an.

Eine lange Zeit war
ich nicht in der Lage,
einen klaren Gedan-
ken zu fassen. Ir-
gendwann hatte ich
wieder etwas Kraft
geschöpft und
schaufelte mir mit
beiden Händen

kühlen Schlamm über meinen Knöchel. Kälte linderte Verletzungen, das wusste ich von Burgas Beschwerden, und wirklich tat der Knöchel augenblicklich etwas weniger weh.

„Notfalls krieche ich auf allen Vieren aus diesem vermaledeiten Mistwald", fluchte ich.

„Raaauuus, neiiin, neiiin", erbosten sich die Tannen und gleichzeitig blitzte ein beunruhigender Gedanke in meinem Kopf auf: „Wenn dich bis dahin kein Wolf gefressen hat."

Ich stöhnte. Ja, denn was konnte es Gefährlicheres geben, als blutend und verletzt in einem Wald zu liegen?

In unseren Erzählungen am Lagerfeuer hatten wir uns oft genug schaurige Geschichten über wilde, blutrünstige Wolfsrudel erzählt. Doch anschließend hatte ich mich zwischen meine beiden Mamans kuscheln können, wohlbehütet und beschützt von zwei starken Frauen. Jetzt sah die Sache völlig anders aus. Ich war vollkommen wehrlos und das perfekte Opfer. Wölfe rochen Angst und Blut über ganze Täler hinweg. Rasch nahm ich eine Handvoll Schlamm und strich ihn über die Wunde an meiner Schläfe. Vielleicht ließ sich die

Blutung ja so stillen. Doch was an der warmen Sonne vielleicht geklappt hätte, funktionierte hier nicht. In einem steten Fluss sickerte mir das Blut in den Kragen.

Ich fröstelte und versuchte, meine Decke aus der Kiepe zu zerren. Doch es war unmöglich, ich konnte das obere Ende der Trage einfach nicht erreichen.

„Gilla", schimpfte ich mit mir, „vor ein paar Stunden wärst du vor Einsamkeit am liebsten auf der Stelle gestorben und jetzt, wo es wahrscheinlich bald so weit ist, würdest du alles für deine Rettung geben, dummes Kind."

Falko schüttelte den Kopf, flog auf und landete vorsichtig auf meiner Schulter. Er rieb seinen gefiederten Kopf an meiner Wange.

„Kein dummes Kind", widersprach er, doch ich konnte ihn kaum verstehen. Seine Stimme war kaum zu hören. „Was ist los mit dir?", fragte ich ängstlich. „Hast du dich erkältet? Bist du krank?"

Falko schüttelte unwirsch den Kopf.

„Vertrau mir", krächzte er fast unhörbar. Dann pickte er mir einmal ins Ohrläppchen, stieß sich ab und flog in den Wald davon.

„Falko?", flehte ich. „Falko, Falko, bleib doch hier…"

Doch Falko war von der Dunkelheit verschluckt worden. Jetzt war ich wirklich ganz allein.

Der Wind brauste und ich hörte Tiere durchs Unterholz huschen. Es knackte und raschelte, manchmal weiter weg, manchmal unmittelbar neben mir. Die Schatten der Bäume, Büsche und Sträucher schienen sich zu bewegen, mich zu belauern, kamen näher, wichen zurück und ich keuchte vor Angst.

Plötzlich tauchten zwei unheimliche, grün leuchtende Augen im Unterholz auf. Das Tier hatte mich entdeckt, pirschte sich an mich heran, näherte sich rasch.

Blankes Entsetzen erfasste mich, ich schrie auf und hob abwehrend die Hände, während ein stechender Schmerz durch meinen Kopf raste. Das glühende Augenpaar schwebte nun unmittelbar vor mir. Ich weinte leise und schloss die Augen. Ich zitterte am ganzen Körper und ließ meinen Kopf gegen die Grabenwand sinken. Als nichts geschah, wagte ich, die Augen zu öffnen. Vielleicht hatte ich mir alles auch nur eingebildet. Ich starrte einfach nur nach oben, in den Himmel, wo die dunklen Tannenspitzen mit dem schwarzen Hintergrund verschmolzen.

Meine Gedanken beruhigten sich und ich dachte an Anna. Konnte es wirklich wahr sein, dass ich nur ein paar Stunden zuvor eine so glückliche Zeit mit ihr erlebt hatte? Doch was, wenn das nur ein Traum gewesen war, während ich bewusstlos im Graben gelegen hatte? Spielten mir nicht nur die Augen Streiche, sondern auch der Kopf? Mein Magen krampfte sich erneut zusammen. Konnte ich auf einmal Traum, Wunsch und Wirklichkeit nicht mehr auseinanderhalten?

Da kam mir die Zitrone in meiner Westentasche in den Sinn, und ich tastete vorsichtig nach ihr.

„Wenn sie da ist, gibt es Anna wirklich, wenn sie nicht da ist, war alles nur Einbildung", vereinbarte ich mit mir selber. Aber so sehr ich auch tastete, ich konnte sie nicht finden.

„Das darf einfach nicht sein“, flehte ich. „Sie ist bestimmt rausgefallen“, beruhigte ich mich und glitt mit der Hand tastend durch den Schlamm.

Wer weiß, was aus mir geworden wäre, wenn ich sie nach bangen Sekunden nicht doch gefunden hätte. Erleichtert säuberte ich die köstliche Frucht so gut es ging und roch an ihr. Sofort lief mir das Wasser im Mund zusammen und ich biss hinein. Selbst die bittere Schale war besser, als der schreckliche Geschmack in meinem Mund.

„Zitronen sind gesund, hat Anna gesagt“, erklärte ich mir selbst und zwang mich, zu schlucken. „Sie hält mich am Leben, bis Rettung kommt.“

Ich quetschte die Zitrone und trank den Saft. Doch irgendwas passte nicht zusammen. Es hatte mit diesem Wort zu tun. Rettung. Es klang irgendwie falsch. Meine Gedanken kreisten fieberhaft.

„Was stimmt denn daran nicht? Ich hoffe auf Rettung. Falko ist unterwegs. Ich hoffe auf Rettung. Falko wird mir helfen. Ich hoffe ...“, murmelte ich unermüdlich vor mich hin.

„Hoffnung“, johlte eine hämische Stimme hinter mir und ich erschrak so sehr, dass mir die Zitrone aus der Hand fiel.

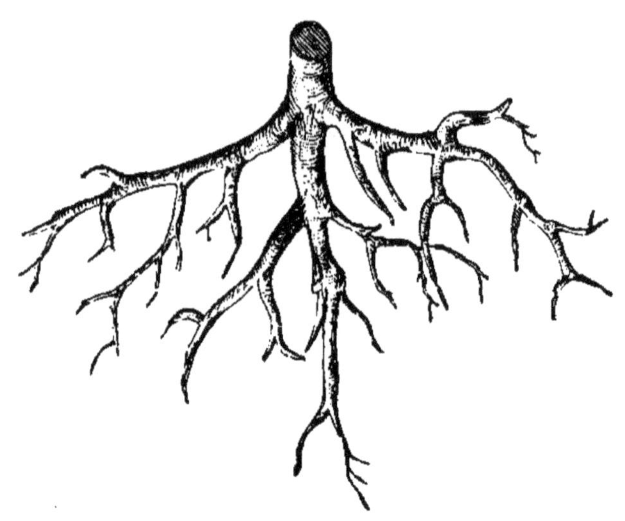

„Mja, na ja, Hoffung", johlte die Stimme wieder und ich erkannte einen Wurzelwerfer, gemeine Kerle, mit magischer Macht über das Wurzelwerk der Bäume. Unverhofft legten sie deren Wurzeln über den Weg, um einen zu Fall zu bringen.

Der Wurzelwerfer lachte lauter.

„Hoffnung, mja, mja, aber worauf denn?"

„Dass mich jemand retten kommt! Warum stellst du so dumme Fragen?", wisperte ich ärgerlich. „Lass mich lieber von deinen Wurzeln hier rausziehen."

Der Wurzelwerfer setzte sich im Schneidersitz auf den Weg.

„Mja, ha, ha. Hättest du wohl gerne“, kicherte er. „Aber mal unter uns. Mja, ha, die Antwort lautet: Nein. Und die Frage lautet: Wer denn, ha?“

„Wer denn was?“, wollte ich wissen und hatte gleichzeitig Angst vor seiner Antwort.

„Mja, na ja, wer sollte denn kommen, um dich zu retten, mja, ha ja?“, krähte der Wurzelwerfer höhnisch.

Mein Hals wurde eng.

„Anna und Oswaldo und Grimbert und Lothair und Jolanda und Maman“, quetschte ich hervor.

Der Wurzelwerfer legte sich eine dicke Wurzel um den Nacken wie ein Schlangenbändiger.

„Ha, mja“, kicherte er. „Aber sie vermissen dich doch gar nicht! Ham, ham, ham, die Gaukler haben dich zurückgelassen und deine kleine Freundin denkt, mja ha, du bist bei deiner Familie im Lager. Aaaalsooo …“, feixte der Wurzelwerfer abwartend.

Die Erkenntnis traf mich wie ein Fausthieb und ich wunderte mich nicht mal, woher der miese Fiesling das alles wusste. Denn er hatte recht! Natürlich hatte er recht. Wie konnte ich nur so dumm sein und erwarten, dass irgendjemand mich suchen kommen sollte? Ja, warum sollte man mich suchen kommen, wenn ich doch gar nicht vermisst wurde?

„Falko ...", flüsterte ich. Er war meine einzige Chance. Und noch während mir das schreckliche Lachen des Wurzelwerfers in den Ohren dröhnte, merkte ich, dass ich meine Augen kaum mehr aufhalten konnte. Wie erschlagen ließ ich mich zurücksinken und fiel in einen traumlosen Schlaf.

Und so geschah es, dass ich nicht merkte, wie sich mir etwas unbemerkt näherte ...

Kapitel 14
Anna reitet zur Rettung

Nachdem Gilla sich mit einem burschenhaften Tippen an ihre schmutzige Kappe von ihrer neuen Freundin verabschiedet hatte, stand Anna noch eine lange Zeit wie versteinert vor dem Eingang zu den Gewölben und spürte Gillas Umarmung und ihren Worten hinterher. War es tatsächlich schon vorbei? Die beiden schönsten Tage ihres Lebens? Sie konnte Gilla doch jetzt nicht schon wieder loslassen?

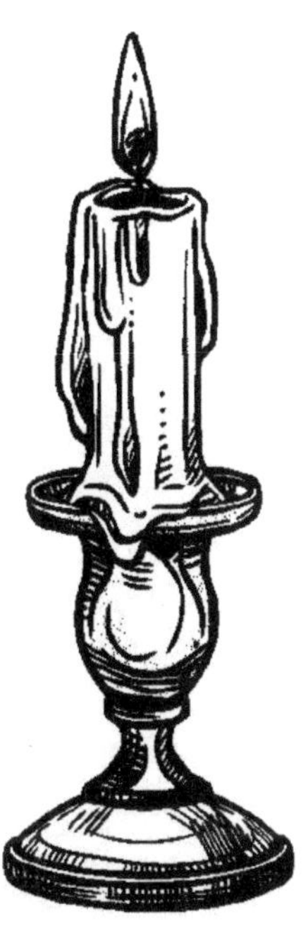

„Komm zurück", wisperte sie traurig in die Nacht. „Ich wünschte, du könntest einfach hierbleiben, Gilla."

Da hörte Anna die langen Röcke ihrer Mutter Agnes über den Kies schleifen und drehte sich überrascht um.

„Du wirst sie wiedersehen", sagte ihre Mutter sanft. „Ganz bestimmt, eines Tages. Sei sicher.

Wenn es so sein soll, dann siehst du sie wieder, Anna."

„Was tust du denn hier draußen, Mutter?", fragte Anna erstaunt.

Über das Gesicht ihrer Mutter huschte ein feines Lächeln.

„Ich dachte, du bräuchtest ein wenig Trost", erwiderte Agnes und führte Anna zur Vordertreppe des Schlosses. „Und eine warme Gewürzmilch, nach all den wilden Narreteien des Nachmittags, nicht wahr?"

Anna starrte ihre Mutter ungläubig an. Sie klang aufgeräumt und gelassen und sprach heute schon zum zweiten Mal mit ihr!

„Erzähl mir von Gilla", bat ihre Mutter auf dem Weg zum Speisesaal.

Anna nickte. Ihre Hüfte schmerzte mehr als sonst, doch sie versuchte, nicht allzu stark zu humpeln. Sie wollte unbedingt vermeiden, dass Mutters gute Stimmung ins Wanken geriet.

Deshalb beschloss sie, ihr zunächst nichts von den Reitstunden zu sagen, sondern beschrieb ihr beim Essen stattdessen Gillas Vorstellung in allen wunderbaren Einzelheiten.

Es war die erste gemeinsame Mahlzeit seit Monaten und Anna fühlte sich plötzlich wieder fast so unbeschwert wie am Nachmittag.

„Ach, Mutter, wie wunderbar wäre es doch, ich hätte eine Schwester wie Gilla", rief Anna unbedarft und prostete Agnes zu.

Doch wie eine Wolke vor der Sonne plötzlich alles Licht schluckt, änderte sich daraufhin die Stimmung der Gräfin und die Traurigkeit ließ ihr Gesicht gefrieren. Abrupt hörte Agnes auf zu essen und starrte in ihren Schoß.

Eilig sprang Anna auf und eilte zu ihr.

„Verzeih, Mutter", sagte sie und umarmte die Gräfin. „Das hatte gar nichts zu bedeuten. Vergessen wir es einfach."

Doch die Gräfin war wie erstarrt und wie üblich unerreichbar in sich selbst versunken.

„Verzeih mir doch, Mutter", wiederholte Anna flehentlich und wusste zugleich, dass sie nicht mehr zu ihr durchdringen konnte.

Was konnte an ihrem Ausruf nur so falsch gewesen sein?

Nachdem Anna ihre Mutter zu den Schlafgemächern begleitet hatte, zog sie sich in ihr eigenes zurück. Das Wasser in der Waschschüssel war aufgefüllt und angenehm temperiert, ein frisches Handtuch und ein Nachthemd hingen über dem Ständer vor dem prasselnden Kaminfeuer. Anna betrachtete ihr Gesicht im Spiegel und war überrascht, wie gut ihr Staub und Spinnweben standen ...

„Ich sehe so ... so ... gesund aus. Und wild! Grrr", sagte sie zu ihrem Spiegelbild.

Anna entknotete ihre matschverschmierten Schnürstiefel, knöpfte das nach Sturmvogels Pferderücken muffelnde Kleid auf und entledigte sich ihrer durchgeschwitzten Unterröcke. Nachdenklich bürstete Anna die Haare, steckte sie hoch und tauchte ihre Hände in das duftende Seifenwasser. Bei all dem Kummer über Gillas Abschied und Mutters Schmerz, betrachtete sie doch heimlich stolz die dunklen Dreckränder unter ihren Nägeln und genoss die wohlige Schwere der Erschöpfung, die sich nach diesem außergewöhnlichen Tag durch ihren Körper zog. Anna reinigte ihre Zähne mit einem Zahnstocher-Set aus Elfenbein, das der Graf auf einer seiner Reisen in einer sogenannten Apotheke entdeckt hatte. Dann kuschelte sie sich ins

Bett und las unter Tränen Gillas Comtesse-Anna-Gedicht.

Doch immer wieder kehrten Annas Gedanken zu ihrer Mutter zurück. Was machte sie nur so traurig? Wenn es stimmte, was Gilla sagte, dass nicht Anna die Schuld daran trug, was war es dann?

Anna dachte nach. Ihr Blick fiel auf die riesige Obstschale, die die Kammerzofe auf den Tisch gestellt hatte. Obenauf lag ein prächtiger Kirschzwilling.

„Zwilling!", japste Anna.

Ja, es musste etwas mit dieser verflixten Zwillingsgeschichte zu tun haben, die ihre alte

Kinderfrau Solveig immer erzählt hatte. Sie war zugleich die Hebamme der Gräfin gewesen und hatte Anna auf die Welt geholt. Für Anna war es nur eine von Solveigs vielen spannenden, eigentümlichen und magischen Geschichten gewesen. Für ihre Mutter jedoch schien die Geschichte vom verlorenen Zwilling die reine Wahrheit zu verkünden und sie reagierte auf alles, was mit Schwestern oder Geschwistern zu tun hatte, stets völlig seltsam. Anna nahm sich vor, morgen endlich mit ihrer Mutter über diese Sache zu reden. Wie hatte Gilla es ausgedrückt? Wenn man seine Ängste und Sorgen erst einmal ausgesprochen hat, waren sie nur noch halb so schlimm!

Als das Feuer fast heruntergebrannt war, legte Anna Gillas Gedicht unter ihr Kopfkissen, faltete die Hände und schickte Gilla, zusammen mit einem Abendgebet, einen stummen Gutenachtgruß. Dann löschte sie die Kerzen und ließ nur das Nachtlicht auf dem Kaminsims brennen. Die kleine goldgelbe Bienenwachskerze reichte genau bis zum Morgengrauen und half Anna, ihre Ängste vor der tiefgrauen Dunkelheit in den düsteren Ecken ihres großen Schlafgemaches zu überwinden.

„Danke, Gilla, für alles", murmelte Anna und sank in tiefen Schlaf.

Als sie erwachte, war die Nachtkerze erst halb aufgebraucht. Doch sie brannte nicht wie üblich fast bewegungslos, sondern warf unruhige, flackernde Schatten auf die Vorhänge. Anna schauderte. Was hatte sie bloß geweckt?

Da hörte sie es.

Vor der Tür, die auf den kleinen Balkon an Annas Zimmer hinausführte, war ein Geräusch. Hatte das Zimmermädchen vergessen, den Riegel richtig vorzulegen? Es musste so sein, denn plötzlich wehte ein kühler Luftzug ins Zimmer, und die Vorhänge bauschten sich jäh im Wind.

Als die Kerzenflamme erlosch, schrie Anna auf. Furchtsam zog sie die Decke bis an die Nasenspitze und hätte sich am liebsten darunter verkrochen. Doch stattdessen starrte sie gebannt auf den wehenden Stoff. Anna war, als stünde dort eine dunkle Gestalt ... Ihre Hände wurden kalt und gefühllos. Eine Gänsehaut lief ihr prickelnd über den Kopf und kroch langsam den Nacken hinunter.

Anna japste. Sie wollte nichts als flüchten, nur schnell, schnell hinaus aus dem Zimmer. Doch sie war wie gelähmt. Weder ihre Stimme noch ihre Beine gehorchten ihr. Sie konnte nicht mal vor Entsetzen die Augen schließen.

Was auch immer sich dort hinter dem Vorhang verborgen hielt, sie würde es sich ansehen müssen, sobald es hervortrat.

Und dann trat es hervor.

„Roaaahhh", schrie das unheimliche Wesen und schoss zwischen den Vorhängen direkt auf Anna zu.

Sie schrie und war gleichzeitig erleichtert, dass ihr zumindest die Stimme wieder gehorchte.

Moment mal, das konnte doch wohl nicht wahr sein! Machte sie sich beinahe in die Hose wegen einer Krähe?

„Falko, bist du wahnsinnig?", keuchte Anna und richtete sich zwischen den Kissen auf. „Was machst du denn hier, mitten in der Nacht? Du hast mich fast zu Tode erschreckt!" Immerhin, wo Falko war, konnte Gilla nicht weit sein. „Gilla? Komm ruhig rein! Dein verzauberter Falke hat mich bereits geweckt", rief sie deshalb freudig in Richtung Balkon.

Doch sie erhielt keine Antwort.

Eilig wälzte sich Anna aus dem Himmelbett und hinkte zur Tür. Sie sah hinaus, konnte aber niemanden entdecken. Auch nicht die nachtschwarze Gestalt, die im Schatten der Schlossmauer kauerte und zu ihr herübersah. Anna schüttelte verwirrt den Kopf, verschloss die Balkontüren mit dem Haken und trat zurück ins warme Zimmer.

„Hast wohl beschlossen, dass es bei mir gemütlicher ist, was?", fragte sie Falko.

Falko schüttelte den Kopf.

„Nein? Was denn dann? Wo ist Gilla? Nun rede schon", drängte Anna und öffnete ein Fenster. „Flieg ins Lager zurück", sagte sie und wies Falko den Weg. „Die Gaukler brechen bald auf. Gilla wird nicht ohne dich gehen wollen! Und dann wird sie Ärger kriegen."

Falko nickte wild.

„Was?", rief Anna und starrte ihn an. „Hast du deine Sprache verloren? Hat sie Ärger?"

„Krah", krächzte Falko mühsam und sah Anna unglücklich an.

„Was ist mit Gilla? Ist was passiert?", fragte Anna alarmiert und ein mulmiges Gefühl breitete sich in ihrem Magen aus.

Falko nickte.

„Oh nein", rief Anna leise. „Und du kannst nicht mehr reden? Bist du krank? Ist Gilla krank?"

Falko ließ den Kopf hängen. Dann flatterte er auf den Kleiderständer und tippelte unruhig darauf herum.

„Kriha, Kraaahhbn, Kriha, Kraaahhbn, krot, krot, krot", krähte Falko, flog auf Annas Schulter und zwickte ihr kurz und heftig ins Ohr.

„Aua", jaulte Anna und schüttelte Falko ab. „Bist du verrückt?"

„Kriha, Kraaaahhbn, Kriha, Kraaahhbn, krot, krot, krot", krächzte Falko erneut und schlug aufgeregt mit den Flügeln.

Er machte ganz den Eindruck, als ob er völlig aufgelöst war. Bloß was versuchte er Anna nur mitzuteilen? Beruhigend streichelte Anna über seinen Kopf.

„Gilla, du hast Gilla gesagt, nicht wahr? Aber was meinst du mit Krabn?", fragte Anna eindringlich. „Krabben?", schlug sie vor.

Falko schüttelte den Kopf.

„Kragen?"

Falko wiegte seinen Körper hin und her. Anna überlegte fieberhaft.

„Graben?", fragte sie.

„Kroah, kroah, kroah!", krächzte Falko.

„Gut", sagte Anna, obwohl sie mit dem Treffer im Moment überhaupt nichts anzufangen wusste. „Und Krot, was soll Krot bedeuten? Rot?", schlug sie vor.

Falko wiegte sich weiter.

„Nein, also weiter. Brot, willst du Brot?"

Da plumpste Falko plötzlich auf den Steinboden, wo er mit den Krallen nach oben regungslos liegen blieb.

„Falko?", rief Anna entsetzt. „Oh nein, oh bitte, sei nicht tot! Du kannst doch jetzt nicht tot sein!"

Doch gerade als Anna Falko aufheben wollte, sprang er auf die Beine und flatterte quicklebendig wieder auf den Kleiderständer zurück.

„Großer Gott", sagte Anna erschrocken und griff sich ans Herz. „Du bist mir ja ein Schauspieler. Ich dachte schon, du seist tot!"

Kaum hatte sie dies ausgesprochen, ruckte Falko hektisch mit dem Kopf.

„Tot?", fragte Anna misstrauisch. „Krot soll tot bedeuten?" Anna schüttelte bestimmt den Kopf. „Nein, nein, nein, du meinst nicht tot", sagte sie laut.

Doch Falko nickte erneut.

Dann schüttelte er den Kopf.

Dann nickte er wieder.

„Gilla, Graben, tot?", sagte Anna zweifelnd. „Wie bitte?" Dann begann sie langsam zu begreifen. „Gilla liegt in einem Graben und ist tot, nicht tot, vielleicht tot?", kreischte sie. „Oh mein Gott!"

Eine eisige Hand schien sich um ihr Herz zu krallen. Anna schnappte nach Luft.

„Wo?", keuchte sie.

Falko flog zum Fenster, landete auf dem Sims und klopfte mit dem Schnabel gegen die Scheibe.

„Kromm", flüsterte er heiser.

So schnell Anna konnte, stieg sie in ihre Kleidung und zog einen zusätzlichen Unterrock darunter, weil sie kaum mehr aufhören konnte zu zittern. Eilig riss sie aus dem Kleiderschrank zwei Wolljacken und zog auch diese über. Dann stopfte sie das Haar unter die nächstbeste Haube, die sie greifen konnte, schlüpfte in die dreckverkrusteten Stiefel, fand noch einen Funken Glut im Kamin, entzündete eine kleine Laterne und hastete aus dem Zimmer.

Weil sie die vage Idee eines Plans hatte, rannte sie ins Schlafgemach der ihrer Mutter, während Falko über ihr schwebte.

„Ich brauche deine Hilfe, um Gilla zu retten", übte Anna beim Laufen. „Mutter, ich brauche bitte deine Hilfe."

Sie stemmte sich gegen eine schwere Eichentür, durchquerte das Ankleidezimmer und trat ans Bett ihrer Mutter.

„Mutter", wisperte Anna und berührte sie an der Schulter. „Mutter, wach auf!"

Doch Agnes wickelte sich nur noch enger in ihre Laken. Anna rüttelte sie sanft. Da schlug ihre Mutter die Augen auf und schaute verwirrt um sich. Anna nahm ihre Hand.

„Mutter, hör mir zu, Gilla ist etwas zugestoßen. Wir müssen sie suchen. Jetzt sofort, Maman", sagte sie drängend und hatte, ohne darüber nachzudenken, Gillas Mutter-Wort verwendet.

Doch Annas Mutter schaute nur verständnislos und wälzte sich auf die andere Seite.

„Lass mich", murmelte sie und schien dabei gar nicht richtig wach zu sein.

Da wurde Anna wütend und überlegte keine Sekunde länger.

„Mutter!", rief sie empört, und plötzlich sprudelte all der Kummer der vergangenen Jahre aus ihr heraus. „Du glaubst jahrelang die unsinnige Geschichte, die Solveig dir erzählt hat. Du bist fast mein ganzes Leben lang auf der Suche nach einem verlorenen Kind und was ist mit mir? Mich vergisst du dabei völlig. Aber ich bin hier! Ich bin nicht verloren! Doch du siehst mich überhaupt nicht! Ich glaubte jahrelang, dass es meine Schuld sei, dass es dir schlecht geht. Immerzu dachte ich, ich genüge dir nicht. Und weißt du was, ich glaube tatsächlich, dass ich dir nicht reiche! Und deswegen will dir jetzt mal was sagen: Du bist diejenige, die nicht reicht. Mir reichst du nicht. Ich brauche deine

Liebe und deine Hilfe. Und was tust du? Drehst dich um und schläfst weiter!"

Anna war so zornig wie noch nie in ihrem Leben. Aufgebracht humpelte sie aus dem Zimmer und donnerte die Tür hinter sich zu. Dann rannte sie so schnell sie konnte zum Hinterausgang zu den Stallungen.

Die Pferde hörten sie kommen und schnaubten beunruhigt.

„Schsch", machte sie und schlüpfte durchs Tor. „Alles gut, ich bin's nur."

Sachte trat sie an Sturmvogels Box und hielt ihm ihre Hand zum Beschnuppern hin.

„Sturmvogel", sagte sie bestimmt und bemühte sich, ruhig und zuversichtlich zu klingen. „Ich vertraue dir, du vertraust mir, in Ordnung?"

Sturmvogel schnupperte mit seinen Lippen zärtlich an ihrem Hals entlang. Das stank und kitzelte gleichzeitig. Anna musste lächeln und griff nach dem Zaumzeug, das an einem Haken in Sturmvogels Box hing.

„Ich brauche deine Hilfe.", sagte sie und sandte ein kurzes Stoßgebet zum Himmel. „Wir müssen Gilla retten", erklärte sie weiter und schaffte es,

Sturmvogel gleich beim ersten Versuch die Trense anzulegen.

Sturmvogel nickte wissend, kaute vergnügt auf seinem Mundstück herum und machte ganz den Eindruck, als würde er sich auf den nächtlichen Ausritt freuen.

Anna führte ihn aus dem Stall und saß mithilfe eines kleinen Mäuerchens auf. Sie brauchte ein paar Anläufe, aber schließlich hatte sie es geschafft. Sie liefen los, während Falko voraus flog und ihnen den Weg wies.

Nach kurzer Zeit hatten die drei die Weinberge hinter sich gelassen und waren auf den Fahrweg entlang des Waldes gestoßen.

In welche Richtung mochten die Gaukler gegangen sein? Sicher wollten sie in die nächste größere Stadt. Hatte Gilla etwas erwähnt? Ratlos schaute Anna sich nach einem Hinweis um. Doch Falko krächzte heiser und flog unbeirrt weiter. Anna hatte von Sturmvogels Rücken einen guten Blick ins Tal und sah, dass nur wenige, vereinzelte Katen erleuchtet waren. Auch der Park war verlassen gewesen, die Gaukler mussten schon vor längerer

Zeit aufgebrochen sein. Aber warum so eilig und warum mitten in der Nacht?

Mit einem Mal wurde Anna das ganze Ausmaß der Situation bewusst. Sie ritt mitten in einer sternlosen Nacht auf einem zutiefst verstörten Pferd mutterseelenallein in der Gegend herum, um ihre Freundin zu retten, weil eine heisere Krähe ihr dies eingeflüstert hatte. Fast musste Anna lachen. Gleichzeitig stieg Panik in ihr hoch. Doch Sturmvogels rhythmische Bewegungen beruhigten sie, und Anna biss die Zähne zusammen.

„Anna, du hast doch den Verstand verloren", schalt sie sich stattdessen.

„Verloooren, verloooren", echoten die Tannen. Anna bekam eine Gänsehaut. Mittlerweile schämte sie sich sogar ein wenig für ihre eigene Dämlichkeit. Sicher spielte Falko ihr nur einen Streich! Gilla war doch bei ihrer Familie. Wenn ihr etwas passiert wäre, hätten ihre Leute sich längst um sie gekümmert. Wenn sie sich beeilte, konnte sie noch vor Sonnenaufgang wieder zu Hause sein und niemand musste von ihrem Ausflug erfahren ...

Wäre da nicht die Gräfin.

Anna graute jetzt schon vor der Begegnung mit ihrer Mutter. Hatte sie sie tatsächlich mitten in der Nacht geweckt und mit den scheußlichsten Vorwürfen überschüttet, die man sich nur vorstellen konnte?

„Großer Gott, was für ein Schlamassel!", flüsterte Anna in die Dunkelheit.

Doch da nahm Falko Anna die Entscheidung ab. Er krächzte laut und vernehmlich und flog direkt auf den Wald zu. Anna folgte ihm und bemerkte erst jetzt den kleinen Trampelpfad, der sich neben dem Fuhrweg entlang schlängelte. Doch er entfernte sich langsam aber stetig von dem breiten Pfad und führte in den Wald.

Waren die Gaukler womöglich vom Weg abgekommen?

Aber das war doch vollkommen unmöglich! Anna runzelte die Stirn. Wie hätten sie hier mit dem Fuhrwerk durchkommen sollen? Spätestens an der Stelle, an der sie sich mit Sturmvogel gerade befand, hätten sie ihren Irrtum bemerkt und wären umgekehrt, denn der schnurgerade Fuhrweg entlang des Waldes war selbst in dieser dunklen Nacht noch gut zu erkennen. Was konnte geschehen sein? War Gilla vielleicht von der Gruppe getrennt worden?

Mit der Zeit wurde Falko immer ungeduldiger, flog hektisch zwischen den tiefhängenden Ästen hindurch und landete schließlich auf Annas Schulter.

„Reeein, raaaus", wehten die Tannen jetzt. „Verloooren."

Anna unterdrückte einen Schrei.

„Ist gut, Falko, ich reite, so schnell ich kann", versprach sie, verzog ihr Gesicht vor Schmerzen und brachte Sturmvogel dennoch zum Traben.

Doch der Pfad wurde immer enger und unebener, sodass Sturmvogel begann, wachsam einen Huf vor den anderen zu setzen. Dann bleib er mit einem Mal stocksteif stehen und richtete seine Ohren in Laufrichtung. Annas Herz klopfte zum Zerspringen.

„Gilla?", rief sie.

Unvermittelt brach ein Rudel Rotwild durchs Gehölz und überquerte den Weg. Sturmvogel tänzelte erschrocken einige Schritte zurück. Sein Richtungswechsel brachte Anna aus dem Gleichgewicht, und sie klammerte sich mit beiden Händen in Sturmvogels Mähne.

„Braver Junge", flüsterte sie und tätschelte beruhigend den Hals des Pferdes. „Danke, ich weiß zu schätzen, dass du nicht gescheut hast."

Fast lautlos, gespenstisch wie Waldgeister, war das Wild im Unterholz verschwunden und Sturmvogel ging weiter. Bald begann Falko anscheinend ziellos vom Weg abzubiegen und Anna schlugen immer wieder Äste ins Gesicht.

„Das kann doch nicht richtig sein, wir verirren uns“, murmelte sie und rief Gillas Namen.

Doch statt einer Antwort erhielt sie nur das Knacken und Knistern, das Wispern, Rauschen und Raunen eines Waldes bei Nacht. Falko wechselte immer noch sprunghaft die Richtungen und so kam es, dass Anna die Orientierung nun vollständig verlor.

„Zuuu spääät, zuuu spääät“, höhnten die Schwarztannen und hätte Anna nicht Sturmvogel bei sich gehabt, sie wäre ganz sicher vor Angst gestorben.

„Erst Gilla finden, dann Heimweg finden. Eines nach dem anderen. Gilla finden, Heimweg finden“, murmelte Anna im Rhythmus von Sturmvogels Schritten vor sich hin. Wenn es nur nicht schon zu spät war!

Falkos unheilvolles „Krot, krot, krot“ hallte bedrohlich in Annas Kopf wider, während sie immer tiefer in den Wald hineinritt.

Kapitel 15
Falsche Frage, ganz falsche Frage!

Ich war mir ganz sicher, dass ich nun schon tagelang in diesem Graben liegen müsse. Ich fror so erbärmlich, dass ich nicht hätte sagen

können, was schlimmer war: Die Angst, die Kälte, die Schmerzen oder die Hoffnungslosigkeit.

Irgendwann schreckte ich mit klopfendem Herzen aus meinem Dämmerschlaf und stellte fest, dass mein Kopf auf dem Strohkissen ruhte und meine löchrige Schlafdecke über mir ausgebreitet war. Wie zum Teufel ...? Ich konnte mich nicht daran erinnern, die Sachen aus der Trage geholt zu haben. Ich war ja vorhin nicht mal drangekommen! Doch die Decke gab mir ein winziges Gefühl von Sicherheit. Außerdem roch sie nach Jolanda und Madame LaBouff ... Ich musste weinen und fiel erneut in Schlaf.

In einer weiteren Wachphase bemerkte ich, dass mein Kopf schwirrte und ich sah immer wieder kleine, glitzernde Funken vor meinen Augen herumtanzen. Waren das nicht meine Fackeln? Stand ich etwa auf der Bühne? Ja, ich sah das Publikum und ließ die Stäbe kreisen. Da warf mir Grimbert immer weitere Fackeln zu und ich jonglierte mit so vielen brennenden Stäben, wie nie zuvor. Doch Grimbert hörte einfach nicht auf, und irgendwann konnte ich die Fackeln nicht mehr alle gleichzeitig in der Luft halten und sie stürzten in einem wilden, brennenden Wirbel auf mich herab. Ich schrie und schlug panisch auf die Flammen ein, die an meiner Kleidung leckten und knisternd den Stoff erfassten. Der ekelhafte Geruch von verbranntem Haar stieg mir in die Nase und ich musste würgen.

Schweißgebadet erwachte ich und übergab mich erneut in den Graben. Erschöpft nickte ich wieder ein und befand mich in meinem Traum abermals auf der Bühne. Ich konnte mich unter den vielen Fackeln nicht rühren, sie lagen wie Steine auf mir. Da rief mir Jolanda vom Bühnenrand aus etwas zu.

„Gillaohgottohgottohgott", schrie sie immer wieder schrill und der Ton verursachte mir gellende Kopfschmerzen.

Ich wimmerte, als mich etwas an der Schulter berührte und zuckte zusammen. Der jähe Schmerz in meinem Knöchel ließ mich zu mir kommen. Ich schlug die Augen auf und blickte direkt in Annas besorgtes Gesicht.

Oh, wie war ich froh, dass nun ein schöner Traum begann und schloss zufrieden die Augen. Doch die aufgeregte Stimme drang immer wieder störend in meinen Schlaf. Ich blinzelte verwirrt, weil ich allmählich fürchterlich durcheinanderkam, was all die Träume in den Träumen betraf.

Wie sollte ich mich bei dem Gekreische denn auch konzentrieren?

„Ruhe, verdammt noch mal, ich träume!", fauchte ich deshalb mit letzter Kraft.

„Gottseidankgilla, Gottseidankgilla, dulebstdulebstdulebst!", tönte die Stimme daraufhin.

Was hatte das nun wieder zu bedeuten? Meine Augen brauchten eine ganze Weile, bis sie sich scharf gestellt hatten.

„Anna!?", brachte ich röchelnd heraus.

„Gilla, oh Gilla", rief Anna.

„Kein Traum?", japste ich und versuchte mich aufzurichten.

„Kein Traum!", antwortete Anna und strich mir über die Wange.

Die Wärme ihrer Hand ging mir durch Mark und Bein. Falko setzte sich auf mein Knie und plusterte sein Gefieder auf.

„Kräh", machte er erschöpft.

„Er hat mich hergeführt", sagte Anna.

Ich umfasste Falko mit beiden Händen und strich weinend über seine Federn.

„Pfffrrrhhh", machte es auf dem Pfad.

„Sturmvogel?", fragte ich ungläubig.

„Glaubst du, ich bin geflogen?", sagte Anna stolz.

„Donnerwetter!", stöhnte ich mit schmerzverzogenem Gesicht.

„Bist du verletzt?", fragte Anna.

„Nein, ich liege hier nur rum, weil es in diesem Graben so gemütlich ist."

„Aha", erwiderte Anna ungerührt. „Dann komm jetzt da raus, mir ist kalt und ich kriege Ärger zu Hause."

Das Lachen tat gut und gleichzeitig ziemlich weh in meinem Fuß.

„Kopf und linker Fuß kaputt", fasste ich zusammen.

„Und wo sind deine Leute?", wollte Anna wissen.

„Falsche Frage, ganz falsche Frage!" Meine Stimme bebte.

„Oh, hoppla. Verzeihung." Anna hielt einen Moment inne. „Also, der Plan ist der: Ich werde dich jetzt retten, indem ich dich ins Schloss zurückbringe. Dort wirst du erst mal wieder gesund und dann ..."

„Wie willst du mich denn ins Schloss zurückbringen?", fragte ich matt.

„Auf Sturmvogel natürlich", antwortete Anna, als hätte ich die schwachsinnigste Frage gestellt, die sie je gehört hatte.

„Und wie soll ich da hochkommen?", fragte ich mutlos.

Anna richtete sich auf und verschränkte die Arme.

„Wie war das noch gleich? ‚Anna, du hast doch zwei Hüften, eine kaputte und eine heile. Eine heile reicht zum Reiten!'", zitierte sie mich.

Das meinte Anna doch wohl nicht ernst! Erst war es mir wie die Hölle vorgekommen, hier alleine im Wald zu sterben, und nun kam es mir wie die Hölle vor, auf ein Pferd steigen zu müssen. Ich war von mir weder Furcht noch Mutlosigkeit oder Zauderei gewöhnt. Ich war auch nicht wehleidig oder verweichlicht, nicht zögerlich oder feige. Doch nachdem mir heute mein gesamtes Leben solchermaßen um die Ohren geflogen war, erkannte ich mich selbst kaum mehr ...

„Gilla", sagte Anna sanft und hockte sich neben mich. „Du musst hier raus und zwar schleunigst. Du bist kalt wie der Tod und wirst in diesem Drecksloch sterben. Bitte, vertrau mir! Du schaffst das!"

Anna redete noch eine ganze Weile auf mich ein, genauso wie ich es vor gar nicht langer Zeit bei ihr gemacht hatte. Irgendwann beschloss ich, das mit dem Vertrauen noch ein letztes Mal zu probieren und nickte entschlossen. Anna atmete erleichtert auf. Nach einer Ewigkeit stand ich, von Anna gestützt und an Sturmvogel lehnend, zitternd vor Erschöpfung und Schmerzen, aufrecht auf dem Pfad. Puh!

Anna betrachtete mich kritisch im fahlen Licht des anbrechenden Tages und beschloss, dass ich dringend meine nasse, schlammverkrustete Kleidung ausziehen müsse. Geschickt befreite sie meinen angeschwollenen Fuß von den Lederfüßlingen und streifte die Hosen ab. Auch Weste und Hemd ließ sie auf den Waldboden fallen.

„Wir müssen dich warmhalten", erklärte sie. „Gut, dass du dich zugedeckt hast."

„Das war ich nicht", antwortete ich schlotternd. „D-d-die Decke lag plötzlich auf m-m-mir."

„Hm …" Anna betrachtete mich mitleidig und zog eine Augenbraue hoch. „Dein armes Köpfchen hat ganz schön was abgekriegt, was?", meinte sie und schälte sich aus ihren Wolljacken.

Nachdem sie mir geholfen hatte, hineinzuschlüpfen und mich auch noch in ein paar Unterröcke gestopft hatte, führte sie mich zu dem Felsen, der mich letztlich zu Fall gebracht hatte. Irgendwie gelang es mir, ihn halbwegs zu erklimmen.

Anna platzierte Sturmvogel so, dass ich mich an seiner Mähne festkrallen konnte. Dann umfasste sie energisch mein gesundes Bein und gab mir Schwung, sodass ich mit dem Oberkörper auf Sturmvogel zum Liegen kam. Nun musste ich noch mein rechtes Bein über seinen Rücken zerren, dann hatte ich es geschafft!

Ich saß auf Sturmvogel.

Mein Kopf dröhnte und mir war so schwindelig, dass sich alles um mich herum zu drehen begann. Ich legte mich nach vorne, vergrub mein Gesicht in der Mähne des Pferdes und wartete, bis der Anfall vorüber war.

Anna hatte unterdessen die Decke um meinen Rücken gelegt und die Kiepe aus dem Graben gehievt. Beim Aufsetzen schwankte sie unter deren Gewicht.

„Das hast du alles bis hierhergeschleppt?", fragte sie ungläubig. „Kein Wunder, dass du dich in den Graben legen musstest, um dich auszuruhen."

Anna kicherte über ihren eigenen Scherz und nahm Sturmvogels Zügel. Falko flog so kundig und zielstrebig voraus, als hätte er sein ganzes Leben damit zugebracht, Retter in Wälder hinein und verirrte Seelen aus ihnen heraus zu geleiten.

„Du hast mir mein Leben gerettet", murmelte ich in Sturmvogels Fell, nachdem wir eine ganze Weile durch den erwachenden Wald marschiert waren.

„Prima, Sturmvogel erntet die Lorbeeren und ich hatte die Arbeit", kommentierte Anna mein Gemurmel.

„Ich meinte doch dich“, nuschelte ich müde.

„Weiß ich doch“, antwortete Anna. „Aber deine Rettung hast du Falko zu verdanken. Er konnte nicht klar sprechen. Ist er erkältet?“

Ich nickte schwach und konnte mir ein Grinsen nicht verkneifen. Dass Anna immer noch nicht mitbekommen hatte, dass ich seine Stimme war?

„Jedenfalls hat er Pantomime gemacht“, erzählte Anna. „Und halbwegs verständliche Laute dazu. Dann ist er schnurstracks …“

„Was? Kann ich kaum glauben …“, murmelte ich.

„Und wer soll mich dann zu dir gelotst haben?“, fragte Anna und blieb stehen. „Etwa derjenige, der auch die Decke über dich gebreitet hat?“

Ich zuckte mit den Schultern.

„Rahhh“, machte Falko beleidigt.

„Oh“, japste Anna erschrocken und sah auf meinen Kopf. „Die Wunde ist schlimmer, als ich dachte.“ Erst die Morgendämmerung machte das ganze Ausmaß der Blutung ersichtlich. „Gilla, leg deinen Kopf auf Sturmvogels Hals und ruh dich aus. Schlaf einfach, nicht mehr reden …“

Das ließ ich mir nicht zweimal sagen und schloss die Augen.

Ich erwachte vom Geräusch donnernden Hufschlags. Als wir aus dem Wald heraustraten, kam ein Reiter in schnellem Galopp auf uns zu geprescht. Als das Pferd näherkam, erkannten wir Windbraut. Und darauf saß ...

„Mutter!", rief Anna und klang erstaunt und zerknirscht gleichzeitig.

Die Gräfin ließ sich vom Pferd gleiten, kaum war es in den Schritt gewechselt und stürzte auf Anna zu.

„Um Himmels Willen, was ist nur geschehen?", rief sie und umarmte ihre Tochter mitsamt der Kiepe, bevor sie ihr aus den Armriemen half. Dann trat sie zu mir und legte eine Hand auf meinen Rücken. Wie ein Sonnenstrahl fühlte sich die ausstrahlende Wärme an. „Als ich vorhin erwachte, wusste ich nicht, ob ich nur davon geträumt habe, dass du bei mir warst", sagte sie an Anna gewandt. „Ich wollte sicherheitshalber nach dir sehen ... Oh mein Schatz, ich dachte, du seist fortgelaufen! Ich hatte solche Angst um dich ... Und um dich natürlich auch, Gilla", fügte sie hinzu. „Anna, mein Liebling, es tut mir so leid. Du hast so recht, mit allem, was du gesagt hast. Glaube mir, ich habe jedes Wort gehört, auch wenn ich es nicht hören wollte. Nicht wahrhaben wollte. Kannst du mir überhaupt verzeihen? All die Jahre, verschwendet und vergeudet. Auf der Suche nach einem Kind, das es nie gab, hätte ich beinahe das einzige Kind verloren, das ich habe!"

Die Gräfin schlug die Hände vors Gesicht und fing an zu weinen. Ich lag auf Sturmvogel und betrachtete die Szene interessiert. Ich verstand nicht viel von dem, was die Gräfin so aufbrachte, aber ich spürte, dass dieser Gefühlsausbruch für Anna wichtig war. Sie starrte ihre Mutter nämlich an, als sähe sie sie zum ersten Mal.

„Und ich bin wirklich nicht schuld?", flüsterte Anna.

Die Gräfin schlang ihre Arme um Anna.

„Nein, mein Kind, ich schwöre dir, dich trifft nicht die geringste Schuld. Kommt ... Im Schloss ist alles vorbereitet. Ich schäme mich wirklich, dass ich vorhin einfach weitergeschlafen habe. Vater wird uns mit der Kutsche entgegenkommen. Er ist eben zurückgekehrt. Hab keine Angst, Gilla, du wirst wieder gesund."

Sie strich mir abermals beruhigend über den Rücken.

Ihre Hände dufteten nach Flieder.

„Ich bin so stolz auf dich, Anna", hörte ich die Gräfin sagen.

„Sie Lorbeeren, ich Arbeit", krächzte Falko schwach und der Gräfin entfuhr ein erstaunter Laut.

„Darf ich vorstellen, Maman. Das ist Falko, die sprechende Wunderkrähe", sagte Anna.

„Ich bin ein Falke", röchelte Falko.

„Er braucht Medizin", stellte die Gräfin fest. „Wo sind denn die Gaukler?", wisperte sie an Anna gewandt.

„Ganz falsche Frage", wisperte Anna. „Sie haben sie zurückgelassen", fügte sie kaum hörbar hinzu.

„Großer Gott, wie können Eltern so etwas tun?", murmelte die Gräfin und half Anna, auf Sturmvogel aufzusteigen. „Die Trage lassen wir später holen ..."

Dann erklomm sie Windbraut, nahm Sturmvogels Zügel und wir ritten los. Es tat so gut, Anna direkt hinter mir zu spüren.

Inzwischen war die Sonne aufgegangen und tauchte das Tal in goldenes Licht. Der Wald bildete eine dunkle Grenze zwischen den taubedeckten, grünen Wiesen und dem noch schläfrigen, hellblauen Morgenhimmel.

„Hab ich dir nicht versprochen, dass deine Mutter wieder reiten wird?", murmelte ich und pulte mir ein Pferdehaar aus dem Mund.

„Ich hätte es niemals für möglich gehalten", antwortete Anna. Ihr warmer Atem pustete mir in den Nacken. „Du reitest übrigens, Mutter", rief sie ihr zu.

„Du auch", erwiderte die Gräfin.

„Ist Gillas Verdienst", sagte Anna.

„Bei mir auch, in gewissem Sinne", antwortete die Gräfin und lachte.

„Sie lacht", flüsterte Anna glücklich.

„Du machst sie glücklich", sagte ich, legte meinen Kopf wieder auf Sturmvogels Hals und schaute ins Tal, während mir die Tränen aus dem Augenwinkel rollten.

Wenig später erkannten wir in der Ferne den gräflichen Zweispänner. Die Kutsche wurde von vier berittenen Männern begleitet, die aufmerksam die Gegend absuchten. Einer der Späher entdeckte uns und kam herangaloppiert. Nachdem er sich mit einem Blick von Annas Wohlbefinden überzeugt hatte, hob er die Hand und gab dem Kutscher ein Zeichen.

„Gott zum Gruße, ich sehe, die Damen machen einen Ausritt ...", rief der Graf säuerlich und sprang aus der Kutsche.

Falko flatterte heran und setzte sich auf seine Schulter. „Ich höre ...", sagte der Graf abwartend. Sein Blick flog zwischen Anna und seiner Frau hin und her.

„Gilla ist verletzt ...", begann Anna.

„... und Anna hat sie gefunden", ergänzte die Gräfin, als ob das alles erklärte.

„Ja, nun ...", sagte der Graf und schaute sich suchend um. „Und wo sind die Gaukler?"

Krächzend stob Falko auf.

„Falsche Frage", erwiderten wir im Chor.

Der Graf seufzte tief, hob mich von Sturmvogels Rücken und trug mich zur Kutsche. Ich stöhnte vor Schmerzen. Er bettete mich auf die Sitzbank und eilte zurück, um auch Anna vom Pferd zu helfen.

Dann reichte er seiner Tochter eine verkorkte Flasche mit Himbeer-Wasser.

„Gib ihr zu trinken, der Heimweg ist noch lang", sagte er und streichelte Anna über den Kopf. „Kleine Prinzessin, du hast noch nie so gestunken und du warst noch nie so schmutzig, aber du sahst auch noch nie so glücklich aus. Soviel ich bis jetzt verstanden habe, hast du jedenfalls mehr Mut bewiesen, als alle meine Männer zusammen." Er schüttelte den Kopf. „Du bist geritten! Auf Sturmvogel! Mitten in der Nacht!" Dann wandte er sich an mich. „Und wir beide unterhalten uns noch, Mädchen."

Daraufhin knallte er die Tür zu und erklomm den Kutschbock.

Ich schielte zu Anna hoch.

„Keine Angst, Vater meint das nicht so. Mit seinem rauen Ton überspielt er nur seine Erleichterung, dass uns nichts passiert ist“, sagte Anna und reichte mir die Flasche.

Unnötig zu erwähnen, dass ich noch nie etwas derart Leckeres getrunken hatte (außer der Seifensuppe mit Zitronengeschmack vielleicht).

Kapitel 16
Reichenbacher Ar-
men,- Waisen,- und
Findelhaus

Als wir das Schloss erreichten, übergab der Graf Anna
und mich in die Obhut der
Mamsell, die gemäß seinen
Anweisungen vor dem Auf-
bruch dafür gesorgt hatte,
dass der Waschraum einge-
heizt und die hölzernen Zuber
mit warmem Seifenwasser
gefüllt waren.

Erschöpft ließ ich mich auf einen Schemel sinken.
So etwas hatte ich noch nie gesehen. Die Mamsell
und vier Mägde wuselten geschäftig um uns
herum. Anna hinkte inzwischen stärker denn je

und ließ sich mit einem wohligen Seufzer in den Zuber gleiten. Sie hielt sich die Nase zu und tauchte unter, um der Schrubber-Bürste der Magd zu entgehen.

Man legte mich auf einen Tisch und begutachtete meine Wunden. Die Mägde betupften behutsam die tiefe Platzwunde am Kopf und säuberten mein Gesicht mit weichen Lappen. Als sie keine weiteren Verletzungen feststellen konnten, nahmen sie sich meines Knöchels an. Mit Stoffstreifen fixierten sie meinen Unterschenkel auf ein schmales Brett. Dann halfen sie mir in den zweiten Zuber und begannen, wieder ein Menschenkind aus mir zu machen. Sie wuschen das Blut und den Schlamm aus meinen Haaren und entfernten Kletten, Tannennadeln und Moosfetzen. Sie rieben den stinkenden Morast und die Erinnerung an die schreckliche Nacht im Wald aus jeder Pore meines Körpers. Als sie sich über meinen linken Fuß hermachten, der wie ein trockener Ast aus dem Zuber ragte, ächzte ich leise. Dann wurde das schmutzige Wasser abgelassen und der Zuber erneut gefüllt. Zum Schluss träufelte uns die Mamsell ein paar Tropfen einer wunderbar wohlriechenden Flüssigkeit ins Badewasser, und ich schwebte im siebten Himmel.

Nachdem wir mit großen, weichen Tüchern abgerubbelt worden waren, stellten die Mägde fest, dass meine Kopfwunde wieder blutete. Deshalb legten sie einen Bund frisches Beinwellkraut darauf und umwickelten meinen Kopf mit einem Verband aus Stoffstreifen. Die Mamsell kam mit einem Arm voller Kleidung in den Waschraum und versuchte, in dem Stapel etwas Passendes für mich zu finden.

„Mamsell, das sind ja abgelegte Kleider von mir", sagte Anna und runzelte die Stirn. „Sie kann haben, was sie will! Der Schneidermeister hat erst letzte Woche neu geliefert. Nehmt das Hellgrüne, es ist mir sowieso viel zu groß."

„Anna, wenn ich haben kann, was ich will, dann hätte ich gerne ein Hemd, eine Hose, eine Weste und eine Kappe", sagte ich erleichtert.

Die Mamsell schüttelte entschieden den Kopf.

„Das schickt sich nicht für eine junge Dame, junge Dame!", protestierte die Mamsell, doch Anna grinste.

„Das habe ich mir fast gedacht ... Bitte geht und seht nach, was Vater entbehren kann", bat sie.

Kopfschüttelnd machte sich die Mamsell wieder auf den Weg.

„Das schickt sich nicht für eine junge Dame, junge Dame", wiederholten die Mägde, kaum, dass die Tür ins Schloss gefallen war. Dazu stolzierten sie mit herausgestrecktem Popo herum, ganz wie die Mamsell es tat. Anna bekam vor lauter Lachen ihren bekannten Schluckauf und versuchte kopfüber aus ihrem Badezuber zu trinken. Das wiederum brachte die Mägde so zum Glucksen, dass sie sich mit den Schürzen die Lachtränen aus den Augenwinkeln wischen mussten.

Viel zu schnell kam die Mamsell unverrichteter Dinge wieder zurück.

„Gauklerkind", sagte sie und verteilte strenge Blicke. „Du bist so mager wie ein Strohhalm. In die Sachen Seiner Durchlaucht kann man dich drei Mal reinstecken. Ich werde sie erst ändern müssen, damit sie dir passen. Und weil du in der nächsten Zeit sowieso das Krankenlager hüten wirst, werde ich dazu genügend Zeit haben."

Dann steckte sie mich in eine Nachthaube und in ein vor Rüschen überquellendes Nachthemd mit gestickten Rosenranken und ließ mich von den Mägden in mein Zimmer bringen. Dort wurde ich ins Bett gehoben und Anna schlüpfte mit unter meine Decken. Da ich für all die Kissen zehn Köpfe gebraucht hätte, entschied ich mich für ein himmelblaues und ließ meinen pochenden Kopf erleichtert darauf sinken.

Unter den aufmerksamen Blicken der Mamsell umwickelten die Mägde meinen Knöchel mit einem kühlen Quarkwickel und banden den Fuß wieder aufs Brett. Dann legten sie mehrere Kissen darunter, so dass mein Bein abermals hoch in die Luft ragte.

Ich atmete tief durch.

Vor ein paar Stunden hatte ich noch im Graben gelegen, verhöhnt von einem Wurzelwerfer und nicht weniger unfreundlichen Tannen, und jetzt ruhte ich duftend und sauber wie noch nie unter weißen Spitzendecken.

Mit Anna neben mir.

Ich tastete nach ihrer Hand und hielt sie fest umklammert. Gerade als ich etwas sagen wollte, knurrten unsere Mägen wie auf ein geheimes Kommando.

„Hunger", stöhnten wir.

Die Mamsell rauschte hinaus und kam fast augenblicklich zurück, beladen mit einem riesigen Tablett voller Köstlichkeiten, die sie auf zwei Tischchen anrichtete. Ich war im Paradies, das kann ich dir versichern

...

Während Anna und ich aßen, kam die Gräfin herein und setzte sich auf die Bettkante.

„Danke", sagte ich zwischen zwei Bissen. „Danke aufs Ergebenste, dass ich hier sein darf, Eure Hoheit."

Die Gräfin seufzte tief.

„Was ist es nur, das mich glauben macht, dass du nicht nur hier sein darfst, sondern hier sein sollst!", erwiderte sie, gab Anna einen langen, liebevollen Kuss, strich mir über den verbundenen Kopf und verließ das Gemach.

Nach dem Mahl überfiel uns die Müdigkeit und wir schliefen erschöpft ein.

Als ich erwachte, war ich allein. Im Kamin brannte ein Feuer. Ich betrachtete mich in einem kleinen Spiegel und sah, dass meine Verbände gewechselt worden waren. Probeweise schüttelte ich den Kopf, doch außer einem leichten Anflug von Schwindel spürte ich keine Schmerzen. Dann zählte ich bis zehn, nahm all meinen Mut zusammen und wackelte mit den Zehen meines linken Fußes.

„Mist, verdammter." Mein Fuß tat immer noch fürchterlich weh, wie sollte es nur weitergehen?

Da kam Anna hinein, als hätte sie nur darauf gewartet, mich abzulenken.

„Na, Schlafmütze?", neckte sie mich. Ein zufriedenes Lächeln lag auf ihrem sonnenroten Gesicht. „Wie lange willst du noch auf der faulen Haut liegen? Sturmvogel vermisst dich."

„Warst du etwa ohne Schirm draußen?", fragte ich.

Anna lachte. „Du hörst dich ja schon an wie Mutter. Na ja, ich habe den Schirm ‚verloren', wenn du verstehst, was ich meine. Zum Reiten brauche ich schließlich beide Hände."

„Du warst reiten?"

„Klar! Vater lässt mir einen speziellen Sattel anfertigen. Der Meister hat schon Maß genommen. An die Seite kommt eine weiche Polsterung und dort …", sie zeigte auf eine Stelle an ihrer Hüfte, „macht er eine Mulde hin und eine Auflage zum Abstützen. Und hier …", redete sie weiter und beschrieb mir die Sonderanfertigung ihres Sattels in allen Einzelheiten.

Aber so sehr ich mich auch mit ihr freute, fühlte ich mich auf einmal irgendwie ausgeschlossen. Anna hatte hier alles, was sie brauchte. Ihre Eltern und ihr wundervolles Leben im Schloss. Und was hatte ich? Nichts mehr. Buchstäblich. An meine eigene Familie traute ich mich im Moment noch gar nicht zu denken ...

„Anna“, unterbrach ich sie. „Wo ist eigentlich meine Trage?“

„Die Mägde haben sie ausgeräumt und die Sachen in die Kommode gelegt. Oberste Schublade. Nur das Strohkissen und die Decke waren nicht mehr zu retten.“

Anna wollte zur Kommode laufen, doch ich hielt sie am Arm fest.

„Anna“, sagte ich. „Sag mir die Wahrheit. Die Gaukler sind nicht zurückgekommen, um mich zu suchen, stimmt's?“

„Also Falko ist draußen. Ihm geht's gut, er hat von der Köchin ein Heilkraut bekommen er krächzt schon wieder ganz ...“, plapperte Anna.

„Anna“, unterbrach ich sie und sie schüttelte traurig den Kopf.

„Nein. Vater hat Nachforschungen anstellen lassen, aber sie scheinen wie vom Erdboden verschluckt zu sein. Was haben sie sich nur dabei gedacht, oh du Arme!“ Anna drückte mich an sich.

„Ich weiß es auch nicht“, antwortete ich düster.

„Vater sagt, er habe den Großen Oswaldo am Tag zuvor sogar noch getroffen und sich lange mit ihm unterhalten. Vater meint, Oswaldo sei ein feiner, redlicher Mann, er habe einen guten Eindruck von ihm gehabt. Nichts habe darauf hingedeutet, dass sie planten, ihr Lager vorzeitig abzubrechen, um dich hier zurückzulassen. Es ist uns allen ein Rätsel.“

„Es tut so weh“, murmelte ich.

„Oh, das kann ich mir vorstellen“, sagte Anna. „Ich werde Bescheid sagen, dass sie einen neuen Wickel machen sollen.“

„Nein, das meine ich doch nicht ...“, murmelte ich.

Anna schlüpfte neben mir ins Bett.

„Das weiß ich doch. Und es tut mir so leid“, hauchte sie und ich weinte mich so lang in ihrem Armen aus, bis ich keine Tränen mehr hatte. „Anna, was wird dein Vater wegen mir unternehmen?“, fragte ich, als ich wieder Luft bekam.

Anna wendete sich ab und starrte an die Decke. Nach einer Ewigkeit sagte sie tonlos:

„Ich hasse ihn. Ich hasse ihn so sehr. Ich habe gebettelt, dass du hierbleiben darfst. Aber Vater sagt, man dürfe ein ausgesetztes Kind nicht einfach zu sich nehmen, von Gesetzes wegen. Du musst in ein Waisenhaus. Denn falls die Gaukler dich suchen, sähe es so aus, als ob Vater dich entführt hätte. Aber ich hasse ihn trotzdem. Er ist der Graf, oder nicht? Kann er das dann nicht selbst entscheiden? Nein, das könne er nicht, behauptet er. Oh, wie ich all das hasse!"

„Wann?", fragte ich nur.

„In zwei Tagen", flüsterte Anna düster

Eine eiskalte Furcht ergriff mich.

„Wohin?"

„Drei Tagesreisen von hier. Reichenbacher Ar-men,- Waisen,- und Findelhaus", flüsterte Anna.

„Verfluchte Kuhkacke!", schrie ich.

„Aber ich lasse dich da nicht hingehen!" Anna schlug auf ein Kissen ein. „Ich. Lasse. Das. Nicht. Zu!", rief sie. „Wir müssen uns nur was einfallen lassen."

Ich schüttelte den Kopf.

„Und was?", fragte ich mutlos.

Mit einem Mal hatte ich überhaupt keine Lust mehr zu kämpfen. Es ging doch sowieso alles schief.

„Wir hauen ab", sagte Anna entschlossen.

Ich deutete auf meinen Fuß.

„Prima Idee, zusammen haben wir immerhin drei heile Hüften und drei heile Füße. Damit kommen wir bestimmt zumindest in den Schlosspark."

„Du hast recht", sagte Anna. „Kuhkacke!"

„Hungerstreik?", schlug ich vor.

Wir sahen uns an und riefen gleichzeitig: „Niemals!"

Dann lagen wir für eine lange Zeit einfach nur schweigend da und grübelten vor uns hin.

Kapitel 17
Anna auf heißer Spur

„Weißt du was?", fragte Anna nach einer Weile. „Etwas will nicht in meinen Kopf. Die Gaukler haben dich aufgenommen, als du vor elf Jahren vor ihren Zelten gelegen hast. Sie haben dir alles beigebracht, haben dich beschützt und behütet. Sie haben dich sogar lesen und schreiben lernen lassen. Sieh dir nur an, was du für ein gutherziger und fröhlicher Mensch geworden bist. Sie müssen dich geliebt haben, jeder auf seine Weise. Ich kann einfach nicht begreifen, warum sich das von heute auf morgen geändert haben sollte."

Annas Worte hallten in dem hohen Raum nach. Mein Herz begann zu rasen.

Was, wenn Anna recht hatte?

Was, wenn alles genau anders herum war, als ich angenommen hatte? Wenn sie mich also nicht zurückgelassen hatten, weil sie mich nicht mehr liebten, sondern weil sie mich sehr liebten … Ich ließ diesen vielversprechenden Gedanken noch ein wenig in meinem Kopf herum rollen.

„Und noch was", ergänzte Anna nachdenklich. „Du hast zwar gesagt, dass ihr Gaukler ohne Plan lebt und frei von Zwängen und Gesetzen seid. Aber ich habe das Gefühl, dass hinter dem Verschwinden deiner Leute doch so etwas wie ein Vorsatz steckt. Deine Familie saß bestimmt nicht beisammen und hat kurzerhand beschlossen: Ach, lasst uns doch heute zur Abwechslung mal heimlich ohne Gilla verschwinden … Wie gesagt, Vater meinte, Oswaldo sei ein weiser Mann."

„Vielleicht hat es etwas mit diesem Ort hier zu tun. Ortenbach", überlegte ich. „Madame LaBouff war schon oben in den Weinbergen partout dagegen, hier zu lagern. Es gab Streit zwischen Oswaldo und seiner Frau. Oswaldo hat sich schließlich

durchgesetzt, weil Burga nicht mehr weiterkonnte. Maman hat die ganze Zeit geschmollt und sich geweigert, ihre Arbeit im Wahrsager-Zelt zu machen. Und weißt du, was noch war? Ich habe dir doch von Dix, dem Dieb erzählt, der normalerweise die Zuschauer bei der Vorstellung bestiehlt. Er verschwand. Klammheimlich. Machte sich davon und kam nie mit uns auf der Schlosswiese an. Er hat sich nur von mir verabschiedet, nachts, als ich auf dem Gatter eurer Koppel saß und in die Sterne geschaut habe. Dabei überreichte er mir eine Holzschatulle und hinterließ eine seltsame Botschaft."

„Eine Botschaft?", fragte Anna gespannt. „Welche?"

„Er sagte etwas davon, dass alle nur mein Bestes wollen. Und dass sie in der Vergangenheit einen Fehler gemacht hätten und es jetzt an der Zeit für die Wahrheit sei, oder so ungefähr. Und ich würde ihn und die anderen irgendwann verstehen und alles verzeihen können ... Und ich solle das Kästchen jemandem zeigen, dann würde ich es auch aufkriegen, jedenfalls so ähnlich", erinnerte ich mich.

„Das ist eine Spur, Gilla, eine sehr heiße Spur", meinte Anna und zwirbelte aufgeregt eine Haarsträhne durch die Finger.

„Bist du jetzt unter die Jagdhunde gegangen?", fragte ich.

„Ja, genau so ist es. Und wie einem guten Jagdhund sagt auch mir mein Instinkt, dass wir gerade auf etwas gestoßen sind, das uns weiterhelfen könnte", rief Anna.

„Du spinnst ja."

„Und wieder hast du recht, Gilla. Ich spinne ein Netz und irgendwann zieht es sich zusammen, paff!" Anna klatschte in die Hände. „Und dann haben wir sie gefangen!"

„Wen gefangen?", wollte ich wissen.

„Na, die Wahrheit", rief sie und rollte sich aus dem Bett. „Ich hol sie mal, ja?"

„Die Wahrheit, oder was?"

„Die Scha-tul-le", sagte sie extra langsam. „Ich wer-de jetzt die Scha-tul-le ho-len, wenn du ein-ver-stan-den bist."

„Ach so, die Schatulle. Gut, ich bin ein-ver-stan-den", antwortete ich und musste grinsen. „Mein Kopf ist vielleicht doch noch etwas angeschlagen ..."

Anna humpelte zur Kommode und zog die oberste Schublade heraus.

„Ziemlich viel Zeug", keuchte sie, während sie die komplette Lade zum Bett schleppte und neben mir auf die Decke fallen ließ.

Erstaunt betrachtete ich den Inhalt. Das war alles in meiner Trage gewesen?

Langsam nahm ich ein Teil nach dem anderen heraus: Den Umhängebeutel, das Schreibmäppchen und den letzten Bogen Papier. Die klösterlichen Abschriebe und den Schlüssel für die

Vorratskiste. Die bunten Tücher. Mein Messer. Die sechs Jonglier-Eier ...

Ich ließ eines in meiner Hand herumrollen und dabei fiel mir auf, dass jemand meine Initialen hinein gebrannt hatte: G. G. Natürlich! Deswegen hatte mich Grimbert gefragt, wie man den ersten Buchstaben seines Namens schrieb und ich hatte ihm ein wunderschönes G in den Boden geritzt. Er hatte mich reingelegt!

Und was war das? Gerührt betrachtete ich einen kleinen Tiegel.

„Von Lothair", murmelte ich. Darin befanden sich die letzten Reste eines leuchtenden Lippenrots.

Er hatte mir das Kostbarste hinterlassen, das er besaß!

Von Oswaldo war der große, lederne Beutel mit den Münzen. Der Schwere nach zu schließen, enthielt er meinen Lohn für eine ganze Reihe von Auftritten.

Und hier, ein großer, bunter Seidenschal!

„Von Jolanda. Sie muss von all ihren Bühnenkostümen ein gutes Stück Saum geopfert haben. Wie hat sie das nur so schnell genäht?"

Und das hier ...?

„Madame LaBouff", flüsterte ich mit belegter Stimme. „Maman."

Vorsichtig öffnete ich das weiche, in eine kleine gestrickte Decke eingeschlagene Päckchen. Es war mit einer Kordel aus geflochtenem Pferdehaar verschnürt. Ein Gruß von Burga war also auch dabei. Ich bemühte mich, meine Tränen runterzuschlucken und schlug die Enden des Deckchens zurück.

„Oh Gott", japste ich und Anna legte mir die Hand auf die Schulter. „Säuglingskleidung."

Ein winziges Käppchen aus weißem Stoff, verziert mit feinster Lochstickerei, ein gestricktes Jäckchen, Beinlinge sowie ein quadratisches Windeltuch aus gefilzter Wolle. Außerdem fand ich noch ein Paar Wollstrümpfe, die neben der Säuglingskleidung aussahen, wie für einen Riesen gestrickt.

„Maman hatte immer Angst, dass ich von der Barfußlauferei kalte Füße bekomme", erklärte ich Anna unter Tränen.

„Und die Kleidchen?", fragte Anna. „Sind das deine?" „Wahrscheinlich trug ich sie, als ich von den Gauklern gefunden wurde. Sieh nur, wie fein und edel sie sind."

Immer und immer wieder strich ich über die Stoffe. Sie waren der einzige Hinweis auf meine Herkunft. Ich fühlte mich erschlagen, sprachlos und ausgelaugt.

„Ich hatte keine Ahnung, welche Kostbarkeiten ich da mit mir herumgeschleppt habe", sagte ich leise und Anna nickte ergriffen.

„Ja, das sind die wundervollsten Abschiedsgeschenke, die ich je gesehen habe", meinte sie, streichelte das kleine Jäckchen und wog eines der Holz-Eier in ihrer Hand.

„Abschiedsgeschenke?", wiederholte ich. Mit einem Mal war ich ganz sicher. „Du hast recht, Anna! Sie haben wirklich Abschied genommen an dem Morgen, als alle sich so merkwürdig verhalten haben. Als Lothair schluchzte und Grimbert mich hochwarf und Oswaldo mir winkte und Jolanda mich beinahe erdrosselt hätte. Und wenn ich es mir recht überlege, hat Madame LaBouff das traurigste ‚Humpff' von sich gegeben, das ich je von ihr gehört habe. Ich glaube sogar, sie hat geweint."

„Jetzt wird mir so einiges klar", sagte Anna.

„Sag schon!" Ich wischte mir die Tränen vom Gesicht.

„Weiß ich noch nicht, es wird mir ja erst noch klarwerden", antwortete Anna und wir verfielen in brütendes Schweigen.

„Darf ich die Schatulle mal sehen?", fragte Anna.

Ich kramte das Holzkästchen aus dem Beutel und reichte es ihr.

„Hast du dir das Schloss mal genauer angesehen? Es ist ja geradezu ein Kunstwerk. Ich habe noch nie ein so kleines Schlüsselloch gesehen. Der passende Schlüssel muss klitzeklein sein. Gib mal her!"

„Gib was her?", fragte ich.

„Den Schlüs-sel", antwortete Anna.

„A-ber es gibt da-zu kei-nen Schlüs-sel", erwiderte ich im gleichen Tonfall.

„Ahaaa", sagte Anna und rieb sich die Nase, „jetzt wird mir einiges klar."

„Was, schon wieder?", frotzelte ich.

„Aber ja, denk doch mal nach, Gilla. Dix sagte doch so was, wie ‚Du sollst die Kiste herzeigen‘ und dass du sie erst dann öffnen könntest.“

„Dann mach du sie doch auf, ich habe sie dir ja jetzt gezeigt!“, erwiderte ich und spürte, dass ich irgendwie ärgerlich wurde. „Ach, das führt doch zu nichts. Wenn wir die dumme Schachtel aufkriegen, dann rettet mich das auch nicht vor dem Findelhaus.“

„Ich verstehe ja, dass du mutlos bist“, versicherte Anna. „Aber gib mir bitte noch eine Chance!“

„In Ordnung“, sagte ich seufzend. „Also, wenn alles anders ist, als wir zuerst dachten, dann haben wir folgende Tatsachen. Erstens: Meine Familie hat mich aus einem bestimmten Grund hier in Ortenbach zurückgelassen. Die Frage ist, weshalb? Zweitens: Warum ausgerechnet hier? Drittens: Dix taucht unter und schenkt mir ein verschlossenes Kästchen. Was ist der Hintergrund? Viertens: Was ist drin? Fünftens: Wie kriegen wir es auf? So, das wär’s. Wie, bitteschön, soll das zusammenhängen, frage ich dich? Und hängt es überhaupt zusammen, dieser ganze blöde Quatsch?“

„Jaaa!", brüllte Anna mit einem Mal. „Aber jaaa! Es hängt zusammen! Die alles entscheidende Frage ist nämlich die: Wenn deine Gauklerfamilie nur das Beste für dich wollte, und Dix hat das ja gesagt und die ganzen Abschiedsgeschenke sprechen auch dafür, was ist denn dann das Beste? Dass du in einem Waisenhaus landest? Nee, das wäre doch vollkommen absurd. Dort hast du's doch kein bisschen besser als bei deiner Familie! Aaalso ..." Anna machte eine Kunstpause, „... mussten die Gaukler doch davon ausgehen, dass du irgendwo unterkommst, wo du es noooch besser haben wirst als bei ihnen!"

„Besser als bei den Gauklern? Besser als bei meiner eigenen Familie? So ein Blödsinn. Wo sollte denn das sein? Im Himmel? Ja, klar, da wäre ich ja auch mit einem Haar gelandet", maulte ich.

„Und wo bist du stattdessen?", fragte Anna triumphierend.

„Bei euch ...?", antwortete ich.

„So ist es", bestätigte Anna, als sei die Sache damit sonnenklar. „Ich muss was erledigen", rief sie, sprang auf und lief aus dem Zimmer. Ich beschloss, mein Schicksal in Annas Hände zu legen und mir zumindest für den heutigen Tag jeden weiteren Gedanken an meine Zukunft zu verbieten. Wir hatten schließlich noch morgen Zeit, uns den Kopf zu zerbrechen. Meiner war in den letzten Tagen genug strapaziert worden.

Und ins Findelhaus würden mich sowieso keine zehn Pferde kriegen, das war eh klar. Mit diesem tröstlichen Gedanken schlief ich schließlich ein.

Kapitel 18
Lieber ein Ende mit Schrecken

•••

Als ich am nächsten Tag wach wurde, war mein Zimmer von einem plätschernden Brausen erfüllt - es regnete in Strömen. Zwar brannte im Kamin ein Feuer und der Kachelofen verbreitete zusätzliche Wärme, dennoch erschien mir der Raum plötzlich fremd und kühl.

Spätestens heute Nacht würde ich abhauen müssen, um der Reise nach Reichenbach zu entgehen.

Pah, ich würde schon alleine zurechtkommen! Schließlich hatte ich mir die letzten Jahre mein Geld auch selbst verdient. Außerdem konnte ich lesen und schreiben. Ich würde mich schon irgendwie durchschlagen, daran hatte ich überhaupt keinen Zweifel. Wenn ich etwas bei den Gauklern gelernt hatte, dann den festen Glauben an die eigenen Fähigkeiten, jawohl!

Probeweise wackelte ich mit den Zehen.

Es tat immer noch abscheulich weh, aber es würde schon gehen. Es würde gehen müssen!

Nachdem ich eine ganze Weile Fluchtpläne geschmiedet hatte, kam Anna herein. Sie bewegte sich langsam und humpelte stark.

„Oh, meine Hüfte", stöhnte sie und schloss die schwere Eichentür hinter sich. „Bei Regen ist es immer am schlimmsten."

„Du Arme", murmelte ich und es klang irgendwie nicht besonders ehrlich.

Was Anna natürlich sofort bemerkte.

„He, was ist los mit dir?", fragte sie und ließ sich ächzend auf einen gepolsterten Stuhl sinken.

„Das fragst du?", blaffte ich. „Klar, natürlich, toll, du wirst morgen auch nicht in ein Waisenhaus gebracht. Weißt du, wie es da zugeht? Nee, du kannst schön weiter hier bei deinen Eltern bleiben, bei Sturmvogel und Windbraut, bei all den Mägden und der Mamsell Entenpopo!"

Augenblicklich tat mir mein Ausbruch leid. Was konnte Anna schon für mein Schicksal?

„Himmel, was ist dir denn heute Nacht über die Leber gelaufen?", fragte Anna. In ihrer Stimme schwang nicht das kleinste bisschen Ärger mit.

„Ein Traum ist mir über die Leber gelaufen", maulte ich.

„Erzähl mal", forderte Anna mich auf.

„Ach, ich träume immer von der Sage über die traurige Königin. Aber heute hatte sie kein glückliches Ende", sagte ich und berichtete Anna von meinem Traum.

„Hm", machte Anna. „Ich kannte die Sage nicht, aber sie erinnert mich an die Geschichte, die Solveig mir ständig erzählt hat."

„Und wie ging die? Und wer ist Solveig?"

„Oh verflixt", antwortete Anna. Plötzlich wirkte sie aufgewühlt. „Eigentlich wollte ich nie wieder darüber reden. Warum nur muss ich mich immerzu mit dieser dummen Sache beschäftigen? Solveigs Ammenmärchen sind genau das: Die Märchen meiner Amme. Und was tut sie auf ihrem Sterbebett? Redet Mutter ein, die Geschichte vom verlorenen Zwilling sei wirklich wahr! Und Mutter glaubte ihr jedes verfluchte Wort!"

Anna schnaubte. „Also pass auf, diese angeblich wahre Geschichte ging ungefähr so. Eine Frau, also meine Mutter, hätte in der Nacht, als das Kind, also ich, auf die Welt kam, nicht nur ein Kind bekommen, sondern zwei. Zwillinge, verstehst du. Und in der Zwischenzeit, während die Hebamme, also unsere Solveig, bei den Stallungen war, um dem Ehemann der Frau, also meinem Vater, etwas von seiner Frau, also meiner Mutter, auszurichten, da wäre das zweite Kind geraubt worden. Verstehst du, die Hebamme beaufsichtigte die Neugeborenen für ein paar Minuten nicht und in der Zeit wurde angeblich eins der beiden entführt. Mein Zwilling verschwindet also einfach so im Nichts, oh Mann ... Solveig sagte, meine Mutter hätte die Geburt um ein Haar nicht überlebt, daher habe sie nichts von alldem mitbekommen. Und weißt du, was Solveig als Beweis für ihr Lügenmärchen anführte? Dass ich nur deswegen verkrüpp ... krank auf die Welt gekommen bin, weil es durch das zweite Kind zu eng in Mutters Bauch gewesen sei. Pff!" Anna schnaubte empört. „Dann wäre ja jeder,

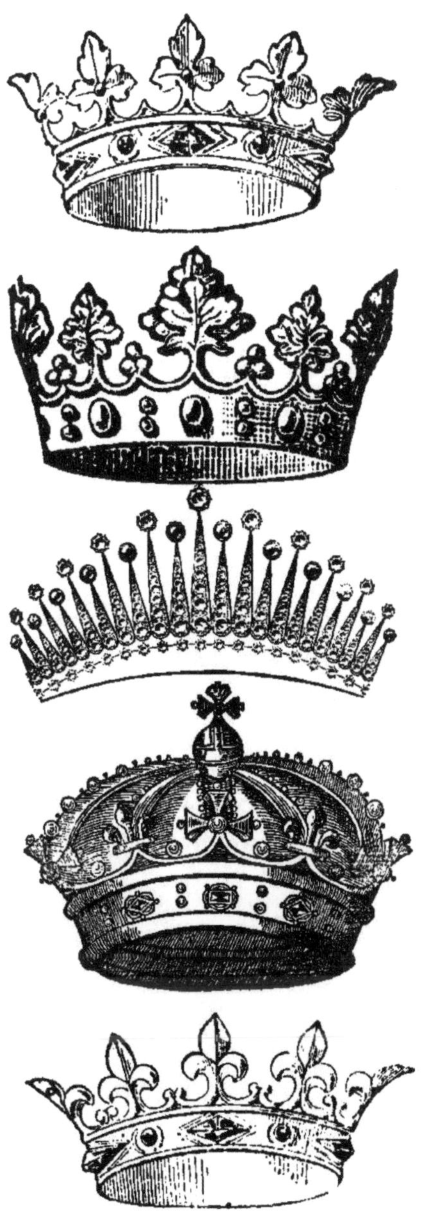

bei dem was nicht richtig funktioniert ein übriggebliebener Zwilling, wenn du mich fragst."

Ich wollte gerade eine Frage stellen, da platzte noch etwas aus Anna heraus.

„Stell dir das mal vor! Seit diesem Tag ist Mutter auf der Suche nach dem verlorenen Kind. Sie ist besessen von diesem Hirngespinst! Und es macht sie hilflos, dass ihr niemand glauben will und es macht sie so schrecklich traurig, dass sie dieses geraubte Kind niemals finden wird. Aber sie bringt auch die Kraft nicht auf, diese Geschichte richtig gründlich zu überprüfen und dann endlich zu vergessen. Doch ohne das Kind zu suchen, kann sie es auch nicht finden beziehungsweise akzeptieren, dass es keinen solchen Zwilling gibt. Mutter ist in einer Art Kreislauf gefangen, wie ihn sich nur der Teufel hat ausdenken können. Und genau deswegen kommt es mir noch mehr wie ein Wunder vor, dass sie in den letzten Tagen so viel fröhlicher ist."

„Vielleicht hat sie irgendeinen Hinweis entdeckt, der ihr neue Hoffnung gegeben hat", sagte ich.

„Bist du total irre?", rief Anna erbost. „Fang nicht du auch noch an, diese elende Geschichte zu glauben."

„Entschuldige, Anna. Ich wollte nur helfen."

Hoppla, ziemlich heikles Thema, wie mir schien. Aber jetzt einfach so darüber hinweggehen konnte ich auch nicht. Zu sehr ähnelte das, was die Gräfin umtrieb, der Sage über die traurige Königin.

Deshalb fragte ich: „Wie kommt die Gräfin eigentlich darauf, dass an Solveigs Geständnis etwas dran sein könnte? Deine Hüfte reicht als Beweis nicht aus, das ist deiner Mutter doch wohl klar."

„Selbstverständlich ist ihr das klar", antworte eine Stimme.

In der Tür stand die Gräfin.

Anna wurde blass.

„Verzeiht, Eure Hoheit", stammelte ich. „Ich wollte mich nicht einmischen."

„Mutter, ich ...", murmelte Anna.

Doch die Gräfin lächelte.

„Schon gut, ihr zwei. Es ist anscheinend ein offenes Geheimnis in diesem Schloss. Warum sollten wir nicht einmal gemeinsam darüber reden?"

Anna schloss für einen kurzen Moment die Augen, wie um sich zu konzentrieren. Mir schien, als wolle sie diese einmalige Möglichkeit auf keinen Fall vermasseln.

„Mutter, wenn es wirklich so war, wie Solveig sagte, warum schlug sie damals nicht sofort Alarm, als sie merkte, dass der zweite Säugling verschwunden war?"

Die Gräfin seufzte tief.

„Aus Angst. Ich denke, sie hatte Angst, der Verdacht könne auf sie fallen. Man hätte ihr vorgeworfen, das Kind gestohlen, umgebracht oder verkauft zu haben. Ihr wisst so gut wie ich, dass es nicht viel braucht, um als Hexe zu gelten. Wenn dann noch ein gestohlenes Kind mit ins Spiel kommt ...“

„Gab es für Euch denn noch andere Beweise?“, wollte ich von Agnes wissen.

„Ja, Gilla, immer“, antwortete sie. „Annas Hüfte war das eine ... Aber den Schrei eines zweiten Kindes gehört zu haben, das vergisst man niemals im Leben.“

Anna und ich schnappten nach Luft.

„Was?“

„Aber ja. Ich war zwar kaum recht bei mir, aber ich habe es gehört“, bestätigte Agnes.

„Aber Mutter!“, rief Anna. „Wie kannst du denn die Geburt von einem zweiten Kind nicht mitbekommen haben?“

Agnes knetete ihre Hände. Dann räusperte sie sich.

„Es war so: Nach dem ersten Kind fiel ich in eine Ohnmacht. Die Geburt des zweiten Kindes muss erfolgt sein, als ich kaum bei mir war. Solveig gab mir Kräutertee gegen die Schmerzen. Er machte mich benommen. Ich kann mich nicht an Einzelheiten erinnern. Aber der Schrei war da. Er war da. Deiner und der eines anderen Säuglings."

„Oh mein Gott, Mutter", hauchte Anna. „Warum hast du das denn nie erzählt?"

Doch Agnes starrte ins Leere. Dann redete sie weiter.

„Es gab außerdem noch diesen Schmuck, den Vater anfertigen ließ. Vom Goldschmied in Domstadt. Ein winziges Schlüsselchen als Anhänger an einem Kettchen für dich, Anna, und einem Schloss an einem Kettchen für das zweite Kind. Schlüssel und Schloss, als Symbol für eure Einheit als Zwillinge. Doch in der Nacht deiner Geburt verschwand dein Kettchen. Vater verdächtigte Solveig, das weißt du ja, mein Kind. Doch sie schwor so lange sie lebte, bei allen Heiligen, es dir sofort angelegt zu haben. Aber du trugst kein Kettchen, Anna, nein, da war einfach keins ..." Agnes machte eine nachdenkliche Pause. „Außerdem vertraute ich Solveigs Hebammenkunst. Sie sagte uns, dass ich zwei Kinder erwartete, also ließ dein Vater den Schmuck herstellen. Hinterher sagte er, Solveig habe sich vielleicht auch nur getäuscht und ich sei nie mit Zwillingen schwanger gewesen. Ihr merkt, es ist komplizierter, als es vielleicht scheint ... "

Mir lief eine Gänsehaut den Rücken hinunter. Die Worte der Gräfin riefen eine Ahnung hervor und weckten einen Gedanken zum Leben ... Doch leider kam ich nicht dazu, ihm weiter nachzuspüren, denn plötzlich flog die Tür auf und der Graf platzte hinein. Er wurde von einem seiner Männer begleitet, der wild in die Runde schaute, als müsse er hier drin einen Bären erlegen.

Wir schraken zusammen.

„Carl, was fällt dir ein?", rief die Gräfin erbost und sprang aus dem Sessel auf. „Du und Johann verlasst auf der Stelle dieses Gemach!" Agnes wies mit ausgestrecktem Arm zur Tür. „Ich verbitte mir ein solch rüpelhaftes Benehmen! Hättet ihr nicht wenigstens anklopfen oder die Zofe vorschicken können? Was sind das nur für Sitten!"

Ich warf Anna einen unsicheren Blick zu, doch ihre Augen funkelten vor Freude und ich konnte sie gut verstehen. Ihre Mutter konnte ja herrlich aufbrausend sein – alles war besser, als traurig!

Der Graf zog die Augenbrauen hoch. Dann machte er eine besänftigende Geste.

„Es tut mir leid, du hast recht. Verzeiht, die Damen. Doch es ist große Eile geboten."

Jetzt kamen auch die Mamsell und zwei Mägde ins Zimmer gerauscht.

„Carl, rede endlich, sonst werde ich ungemütlich", sagte die Gräfin abwartend.

Anna schlug die Hände vor den Mund. Es musste mächtig Eindruck auf sie machen, ihre Mutter so energisch zu erleben.

Auf ihren Mann offensichtlich auch, denn er trat einen Schritt zurück und sah zu Boden.

„Tja, nun", druckste er. „Es ist so, dass wir sofort aufbrechen müssen. Johannes wird Gilla in die Kutsche tragen. Sie wird liegend transportiert werden können, der Schreiner hat einen kleinen Umbau vorgenommen."

„Nein!", riefen Anna, Agnes und ich.

„Tja, nun", verteidigte sich der Graf. „Es regnet ohne Unterlass. Bald werden die Wege unpassierbar sein, und ich habe dringende Regierungsgeschäfte zu erledigen. Mein Weg führt mich auch durch Reichenbach, wo ich Gilla im ..."

„Wage es nicht, dieses Wort auszusprechen", fauchte seine Frau.

„Gut, gut, also ich liefere sie dort ab ...", sagte er.

„Aber Vater, kannst du nicht erst deine Geschäfte erledigen und die Sache mit Gilla später regeln?", flehte sie und umschlang bettelnd seinen Arm.

„Prinzessin", sagte er, schüttelte seine Tochter sachte ab und fuhr sich verlegen durchs Haar. „Wir haben bereits gestern stundenlang darüber disputiert. Die Sache duldet keinen Aufschub. Oder möchtest du mich im Zuchthaus besuchen kommen, weil man mich des Kindsraubes für schuldig befindet? Die Gesetze sind äußerst eindeutig, was die unerlaubte Aufnahme von Findelkindern betrifft."

Dann gab er sich einen Ruck und trat ans Bett. Er nahm meine eiskalte Hand in seine warme. Es fühlte sich gut an, obwohl ich ihn in diesem Moment ebenso hasste, wie Anna es tat.

„Gilla Gauklerkind", sagte er, „du sollst wissen, dass ich dir dankbar bin für all die Umstände, die du uns bereitest. Ja, tatsächlich, das bin ich. Schau dir Anna an, schau dir ihre Mutter an. Ich habe dich mit Anna auf der Speisetafel im großen Saal tanzen sehen und wusste sofort, dass du ihr guttust. Und als Dank werde ich dich jetzt wegschicken. So muss es dir vorkommen. Doch auch ich habe mich an die Gesetze zu halten. Ich möchte, dass du weißt, dass ich dich nicht mittellos ins Wai…, zur weiteren Erziehung in gut meinende Hände gebe. Ich werde für deinen Unterhalt aufkommen. Ich zahle deine Kleidung und deine Verpflegung. Du wirst eine Schule besuchen können, eine Aussteuer erhalten sowie …"

„Pfui, schäm dich, Carl", zischte die Gräfin mit einem hilflosen Schluchzer. „Was nutzt dem Kind denn jetzt dein Gerede über Geld? Was sie braucht, ist ein Zuhause, und wir schicken sie fort."

„Lasst nur, Gräfin", sagte ich und entzog dem Grafen meine Hand. „Ich vermute mal, man kann einfach nichts ändern. Auch wenn man ein Graf ist.

Eure Durchlaucht, ich danke Euch für Euer Ange-
bot, aber ich werde es nicht annehmen. Ihr schul-
det mir nichts. Ich bin es, die Euch zu tiefstem Dank
verpflichtet ist, weil Ihr mir in meiner Not Gastfreundschaft und Obhut gewährt habt. Wir können
aufbrechen, ich bin bereit.“

Agnes zog Anna an sich und hielt sie eng um-
schlungen. Niemand brachte ein Wort heraus. Der
Graf nickte, drehte sich wortlos um und verließ mit
Johann das Zimmer. Ich schlug die Decke zurück
und die Mägde halfen mir auf. Doch offensichtlich
hatte auch die Mamsell nicht mit einem solch über-
eilten Aufbruch gerechnet, denn die Kleidung des
Grafen war noch nicht für mich geändert worden.
Deshalb wurde ich in Unterröcke und Annas neues,
zu großes Kleid gesteckt, das mir tatsächlich her-
vorragend passte. Die Mägde flochten mein Haar
und setzten mir ein Häubchen auf, um den Verband zu bedecken. Eilig bekam ich noch ein Paar
Spitzenhandschuhe, einen dunklen Wollumhang,
einen Strumpf und einen Holzschuh für das rechte
Bein. Die Pendants und meine restlichen Habseligkeiten wurden flink in der Trage verstaut. Doch gerade, als die Mamsell dabei war, die Überdecke

meiner gräflichen Bettstatt zusammenzurollen, um mir auch diese mitzugeben, bemerkte sie das Säuglings-Strickjäckchen. Die Mamsell stutzte und wendete es flink auf links, als suche sie etwas Bestimmtes. Als sie es gefunden hatte, stand sie für einen Augenblick stocksteif, sah sich hastig nach der Gräfin um und schüttelte dann den Kopf, wie um einen störenden Gedanken loszuwerden. Dann legte sie es wieder in die Trage und stopfte die kostbare Decke darüber.

„Die wirst du brauchen können, Kind", raunte sie.

„Danke", wisperte ich, doch ich wagte es nicht, nach ihrer Reaktion auf das Jäckchen zu fragen.

Während all die Vorbereitungen geschahen, fühlte ich mich seltsam ruhig und vergoss, ganz im Gegensatz zu Anna, keine einzige Träne. Die völlige Ausweglosigkeit hatte mich irgendwie stumpf und gefügig gemacht.

Auch meine Fluchtpläne hatten sich in Luft aufgelöst.

„Wo ist eigentlich Falko?", fiel mir ein. Er hatte mich heute noch gar nicht auf dem Fensterbrett besucht. „Ich werde ihn wohl kaum mitnehmen können."

„Er sitzt auf dem Dach der Schlosskapelle und unterhält sich mit seiner neuen Freundin", schluchzte Anna.

„Dann ist ja gut", sagte ich, denn ich mochte mich nicht mal von ihm verabschieden. Wie hätte ich es sonst schaffen sollen, zu gehen? „Sag ihm einen schönen Gruß und behalte ihn im Auge."

Anna konnte nur nicken und die Gräfin tupfte sich mit einem Taschentuch übers Gesicht. Die Mamsell bat Johann herein, der mich überraschend behutsam hochhob. Auf seinem Gesicht lag ein tiefer, schmerzhafter Ausdruck.

„Ich weiß genau, wie du dich fühlst", flüsterte er. „Ich bin auch in einem Waisenhaus aufgewachsen. Aber glaub mir, es ist halb so schlimm."

Ich schluckte den Kloß im Hals hinunter. Mit dieser nett gemeinten Bemerkung, hatte er mir nur erst recht Angst gemacht.

Als Johann mich aus dem Schloss trug, kam mir der Gedanke, dass der Graf von Anfang an geplant haben könnte, mich so abrupt wegzubringen. Den Abschied so schnell wie möglich hinter uns zu bringen, war wahrscheinlich gar keine schlechte Idee gewesen. ‚Lieber ein Ende mit Schrecken, als ein Schrecken ohne Ende', fiel mir Jolandas Spruch ein. Sie benutzte ihn zwar immer, um Grimbert klar zu machen, dass er keine Chancen bei ihr hatte, doch er passte ebenso auf die entsetzliche Situation hier im Schloss.

Und so erspare ich dir die Beschreibung des tränenreichen Abschieds, der nun folgte ... Als alles verstaut war, stieg Johann zum Kutscher auf den Bock und der Graf platzierte sich neben mir. Dann rollte die Kutsche im strömenden Regen über den Schlosshof und aus Ortenberg hinaus.

„Falko", wisperte ich. „Maman, Anna, Falko ..." und heulte, was das Zeug hielt, während der Graf mir unbeholfen über den Arm strich.

Mein Fuß auf der Holzschiene schmerzte bei jedem noch so kleinen Steinchen, über das wir rollten, und mein Herz schmerzte. Wenn ich es recht bedachte, gab es eigentlich nichts, was mir in diesem Moment nicht wehtat und ich fühlte mich wie der einsamste Mensch auf der ganzen Welt.

Dennoch hatte die ganze Sache auch etwas Ärgerliches, denn ich bemerkte, dass mein Gehirn nicht mehr ordentlich zu arbeiten schien. Ich hatte nämlich während all des Kummers und der

Heulerei ununterbrochen das unbestimmte Gefühl, der Lösung all meiner Probleme ganz knapp auf der Spur zu sein! Ja, es war in etwa so, als ob der Mund schon wüsste, was er sagen wollte, aber der Kopf das passende Wort noch nicht geliefert hatte. Und nach einer Ewigkeit in der polternden Kutsche kam es tatsächlich. Das Lichtlein, das immer erscheint, wenn alle Hoffnung längst aufgegeben ist ...

Und wieder kam es in Form von Anna auf Sturmvogel.

Kapitel 19
Anna sammelt Beweise

Nachdem die Kutsche vom Schlosshof gerollt war, hinkte Anna weinend die Schlosstreppe hinauf.

„Ich hasse Vater", schrie sie im Laufen.

„Ich kann dich verstehen", rief die Gräfin durch den strömenden Regen und wischte sich mit den Händen übers Gesicht. „Aber er tut, was er tun muss, auch wenn es schwer zu begreifen ist."

Anna rannte in Gillas Zimmer und warf sich aufs Bett. Dort hieb sie wutentbrannt auf ein Kissen ein und hätte beinahe Falko überhört, der hartnäckig mit dem Schnabel gegen die Scheibe klopfte. Anna erhob sich und öffnete ihm das Fenster.

„Krilla?“, fragte er und schüttelte die Nässe aus den Federn. Seine Heiserkeit war fast verschwunden.

Anna ließ sich wieder in die Kissen fallen und Falko landete auf dem Kaminsims, wo er sein Gefieder aufplusterte.

„Du wolltest Gilla einen Krankenbesuch abstatten, was? Tut mir leid, nur ich bin hier. Und ich habe schlechte Nachrichten für dich, mein Freund.“ Anna schluchzte. „Du bist gerade ein Waisenvogel geworden. Gilla musste weg. Aber du darfst natürlich hierbleiben, solange du willst. Denn eines Tages wird Gilla zurückkommen, das ...“, Anna schlug auf das Kissen, „... weiß! ich! ganz! genau! Autsch!“

Beim letzten Hieb war sie mit der Handkante auf etwas Hartes geprallt. Anna fuhr unter das Kissen und zog Gillas Holzschatulle hervor.

„Ach du meine Güte, Dix‘ Vermächtnis! Gilla hat die Schatulle vergessen. Sie wird außer sich sein, wenn sie den Verlust bemerkt! Auch das noch. Arme Gilla“.

Falko krächzte und setzte sich auf Annas Schulter. Sanft glättete sie sein Gefieder.

„Es hätte ihr das Herz gebrochen, auf Wiedersehen zu sagen", tröstete Anna ihn und Falko nickte unglücklich. „Mir hat es das Herz jedenfalls gebrochen ..."

Nachdenklich strich Anna über das glatte Holz der Schachtel. Mit den Fingern folgte sie den Eisenbeschlägen und hielt das winzige Schloss bewundernd zwischen Daumen und Zeigefinger.

„Dabei sind wir doch eine Einheit. Wie Schlüssel und Schloss", schoss es Anna durch den Kopf.

Woher war dieser Gedanke jetzt gekommen? Schlüssel und Schloss, hallte es in ihrem Kopf. Einheit, Einheit, tosten ihre Gedanken. Anna hob ruckartig den Kopf.

„Falko", sagte sie. „Komm mit. Einen Versuch ist es wert."

Vor den Gemächern der Gräfin stieß Anna auf ihre Mutter, die mit der Mamsell in ein Gespräch vertieft war.

„Sicherlich war es ein Abschiedsgeschenk von Anna für Gilla", sagte die Gräfin gerade. „Wie sollte es sonst in Gillas Besitz gelangt sein? Warum nur habt Ihr mich nicht vorhin direkt angesprochen?"

„Ich traute mich nicht, verzeiht. Aber ich kann es mir nicht erklären, Eure Hoheit. Versteht doch, jedes meiner Jäckchen für Anna hatte ein ganz besonderes Muster, das ich mir selbst ausgedacht habe. Und jenes aus Gillas Trage habe ich seit jener Nacht vor elf Jahren nicht mehr gesehen. Aber es lag bereit, weil Ihr doch sagtet, es könnten Zwillinge werden. Doch dann war es verschwunden, unauffindbar. Und was noch seltsamer ist ...“, erklärte die Mamsell, als Anna sie einfach unterbrach.

„Verzeiht, Mamsell, ich muss die Gräfin dringend sprechen“, sagte Anna und zog sie mit sich ins Gemach.

„Anna, was ist denn in dich gefahren?“

„Mutter, es ist wichtig.“ Anna ließ die Tür ins Schloss fallen und hielt ihrer Mutter die Schatulle hin. „Ich brauche den Schlüssel“, sagte sie schlichtweg.

„Krah“, krächzte Falko. „Krah, ja, ja!“

„Welchen Schlüssel?“, fragte die Gräfin.

„Den Anhänger der Kette, den Vater für mich hat

machen lassen. Damals, zu meiner Geburt", erklärte sie ungeduldig und deutete auf das winzige Schloss.

„Und damit willst du das Kästchen aufschließen? Wieso sollte der Schlüssel ausgerechnet dazu passen, um Himmels Willen, Kind", sagte Agnes.

„Maman", unterbrach Anna ihre Mutter. „Gilla und ich brauchen deine Hilfe. Bitte. Es geht um das zweite Kind. Komm, ich will dir etwas zeigen." Anna ergriff ihre Hand.

„Ich weiß nicht", sagte Agnes und mit einem Mal schien alle Kraft und Energie, die sie vorhin noch gezeigt hatte, aus ihr zu weichen. „Ich jage diesem Hirngespinst jetzt seit Jahren hinterher. Es ist nun genug und ich möchte nichts mehr davon hören. Ich sollte es gut sein lassen. Ein für alle Mal. Und jetzt lass mich ein wenig ausruhen, Schatz."

„Oh nein, so nicht, junge Dame ...", fauchte Anna, wie es die Mamsell immer tat und Falko flog überrascht auf.

Dann ließ Anna ihre Mutter stehen, stürzte aus dem Zimmer und humpelte den Gang entlang. Sie stolperte die gewundene Treppe in die Küche hinunter, schnappte sich blitzschnell ein kleines

Gemüsemesser mit gebogener Klinge und huschte wieder nach oben.

Vor den Gemälden ihrer Großeltern blieb Anna stehen. Dann rückte sie einen Blumentisch unter das Bild von Großmutter Gertrud, raffte die Röcke und kletterte hinauf. Das Tischchen wackelte bedenklich, doch Anna fand Halt an den groben Steinen des Mauerwerks. Sie holte das kleine Messer hervor und hieb es mit aller Kraft in die steife Leinwand. Anschließend säbelte, zerrte, schnitt und hackte sie so lang, bis sich Großmutter Gertruds Portrait aus dem Rahmen wölbte und zu Boden fiel. Anna rollte die Leinwand zusammen, eilte ins Zimmer ihrer Mutter zurück und trat ans Bett.

„Siehst du es jetzt?", fragte sie und entrollte die misshandelte Leinwand.

Die Gräfin schlug die Augen auf und starrte direkt in die feurigen Augen ihrer Schwiegermutter.

„Grundgütiger, welch eine Tragödie", japste sie und Anna wusste, dass ihre Mutter nicht das verschandelte Bild meinte.

„Und?", fragte Anna. „Was sagst du?"

„Wie ist das nur möglich?", keuchte Agnes. „Gilla. Gilla ist Großmutter Gertrud ja wie aus dem Gesicht geschnitten."

„Genau wie Vater!", ergänzte Anna.

Agnes wurde bleich. Von einem Wimpernschlag auf den nächsten wich alle Farbe aus ihrem Gesicht und Anna umfing sie mit den Armen.

„Verstehst du es jetzt, Maman?", flehte sie. „Das Kästchen mit dem kleinen Schloss gehört Gilla. In ihm liegt die Wahrheit verborgen. Wir brauchen nur den Schlüssel dazu. Dann könnte sich bestätigen, wonach du schon seit Jahren suchst ..." Anna schüttelte ihre Mutter sanft. „Gilla könnte das verschwundene Kind sein!" Annas Stimme wurde schrill. „Sie ist vielleicht der verschwundene Zwilling!"

Die Gräfin schüttelte den Kopf als wolle sie niemals mehr damit aufhören.

„Aber Gilla hat doch Eltern", flüsterte sie und betrachtete Anna mit fiebrigen

Augen an. „Wie soll denn das gehen? Sie hat doch Eltern!"

Anna war verwirrt. Wusste ihre Mutter etwa nicht, dass Gilla ein Findelkind war und keine Waise? Oder hatte sie es wieder vergessen? Möglicherweise hatte Anna aber auch gar nicht mit Agnes darüber geredet, sondern nur mit ihrem Vater, gestern, als sie ihn vergeblich anflehte, Gilla nicht wegzugeben? Anna wusste es nicht mehr, es war in letzter Zeit einfach zu viel geschehen …

„Aber Gilla ist doch ein Findelkind!", rief Anna deshalb. „Maman, sie ist ein Findelkind, habe ich dir das denn nicht erzählt? Die Gaukler haben sie nur aufgenommen. Sie lag eines Tages vor ihren Zelten!"

Aus Agnes Kehle drang ein Laut zwischen Schmerz und Freude. Unvermittelt sprang sie auf, taumelte, fing sich wieder und eilte zu ihrem Frisiertisch. Hastig zog die Gräfin alle Schubladen heraus, tastete fahrig darin herum und entnahm ihnen verschiedene Schmuckschatullen. Agnes warf eine nach der anderen aufs Bett und schüttete deren Inhalt auf die Bettdecke. Mit flatternden

Fingern fuhr sie zwischen den Schmuckstücken herum.

„Oh, ich wollte das verdammte Ding nie an dir sehen", sagte sie und schob den Schmuck auseinander. „Nicht, nachdem ich davon ausgehen musste, dass es irgendwo ein Kind gibt, dass das Schlosskettchen mit sich herumträgt und vielleicht ebenso verzweifelt darüber ist, niemals das passende Gegenstück zu finden."

Doch sosehr die Gräfin auch suchte, die Kette mit dem kleinen Schlüsselanhänger war nicht aufzutreiben.

„Oh nein." Agnes zitterte nun am ganzen Körper.

„Mutter, denk nach", flehte Anna und wühlte ebenfalls suchend durch den Schmuck.

Da flog Falko krächzend auf und setzte sich auf die Schultern der kopflosen Schneiderpuppe, auf der der Gräfin sonst die neuesten Kreationen präsentiert wurden.

Die Krähe tapste unruhig hin und her und versuchte mit dem Schnabel, etwas aus den Nähten am Hals zu pulen: Ein Kettchen, dessen Anhänger sich unsichtbar in den Nähten des samtenen

Bezugs verfangen hatte. Anna ging hinüber, um ihm zu helfen.

„Der Schlüssel", quiekte Anna und reichte den Schmuck an ihre Mutter weiter.

Doch die Hände der Gräfin bebten zu sehr, als dass sie es schaffte, das winzige Schlüsselchen ins Schloss zu stecken, sodass es schließlich Anna versuchte. Mit angehaltenem Atem drehte sie den Anhänger im Schloss herum. Ein unsichtbarer Mechanismus gab einen leisen Klick von sich und das Schloss schnappte auf.

„Offen", hauchte Anna ungläubig.

Da spürte sie die Hand ihrer Mutter auf dem Rücken.

„Nicht. Nicht aufmachen. Es gehört Gilla", sagte sie. „Darin liegt das Geheimnis ihres Lebens verborgen, wir dürfen ihr das nicht vorwegnehmen."

Anna nickte und ließ das Schloss wieder einrasten. Den Deckel nicht zu öffnen, war fast nicht auszuhalten, aber ihre Mutter hatte recht. Nur Gilla allein gebührte es, das Geheimnis zu lüften und Dix' Vermächtnis zu enträtseln.

Die Gräfin legte Anna die Kette mit dem Schlüsselchen um den Hals.

„Rasch", sagte sie, „wir müssen die Kutsche aufhalten. Ich sattle Windbraut. Wir sollten uns beeilen, es wird im Galopp gehen. Deshalb reitest du mit mir gemeinsam. Denk an das Kästchen und die Leinwand", rief sie im Hinauseilen, wo sie mit der Mamsell zusammenprallte.

„Uff, Gräfin", keuchte die Mamsell. „Verzeiht, aber ich habe hier zum Vergleich eines der Jäckchen, die ich für Anna damals ..."

„Das hat Zeit bis später", unterbrach sie die Gräfin und hastete davon.

Nur kurze Zeit später stürzte auch Anna an der Mamsell vorbei. Kurzerhand riss sie ihr das Jäckchen aus der Hand.

„Tausend Dank, ich glaube, ich weiß, was es damit auf sich hat."

„Wartet, Comtesse. All meine Säuglingskleidung für Euch hatte innen ..."

Doch da war Anna längst auf der Schlosstreppe.

Kapitel 20
Darf ich vorstellen ...

Eine aufgeregte Frauenstimme drang in meinen unruhigen Schlummer. Verwirrt öffnete ich die Augen.

„Kutscher, halt! Haltet sofort an!", rief sie. „Das ist ein Befehl!"

Der Graf schob den Vorhang beiseite und äugte misstrauisch nach draußen.

„Teufel auch, diese Frauen", sagte er.

Er klopfte an die Wand und gab dem Kutscher das Signal zum Anhalten. Kaum war die Kutsche ausgerollt, sprang der Graf hinaus. Durch die geöffnete Tür erkannte ich Anna und ihre Mutter auf Windbraut.

Was hatte das nun wieder zu bedeuten?

„Carl, die Situation hat sich grundlegend verändert", erklärte Anges. „Du wirst die Fahrt nicht fortsetzen können. Vor etwa einer halben Meile passierten wir ein Gasthaus. Ich erwarte euch dort. Sofort!"

Agnes schnalzte, wendete Windbraut und galoppierte davon.

Der Graf seufzte.

„Verdammte Frauen!", murmelte er und die berittenen Begleiter unserer Kutsche lachten.

„Gebt Euch einen Ruck, Hoheit", rief Johannes. „Wir könnten alle eine Pause gebrauchen. Das Reiten im Regen schlaucht Ross wie Reiter. Ist es nicht so, Männer?"

„Nun denn ...", sagte der Graf seufzend. „Kehren wir um."

Dann stieg er wieder in die Kutsche, wo er schweigend vor sich hinbrütete, bis wir das Wirtshaus erreicht hatten.

Während der Graf und die anderen sich um die Pferde kümmerten, hob Johann mich aus der Kutsche und trug mich in den Schankraum, wo Anna und ihre Mutter bereits auf uns warteten. Es waren keine weiteren Gäste anwesend. Als wir nähertraten, entdeckte ich Windbrauts Satteltaschen auf einem Schemel und ...

„Falko", rief ich überglücklich.

„Einfach so abzuhauen ...", krächzte er.

„Aber ...", begann ich, doch Anna ließ mich nicht zu Wort kommen.

„Gilla", kreischte sie und fiel mir jubelnd um den Hals. „Keine Sorge, ich habe Falko alles erzählt, komm, setzt dich, wir ..."

„Lasst sie mich mal platzieren, junge Dame", schmunzelte Johann, setzte mich neben Anna und verzog sich an einen anderen Tisch.

Doch trotz der Wiedersehensfreude war ich über die Unterbrechung der Fahrt fast ein wenig ärgerlich. Jede Verzögerung riss nur wieder alte Wunden auf. Ich wusste wirklich nicht, wie ich einen solchen Abschied wie heute Morgen nochmal schaffen sollte!

„Was soll denn das ganze Theater?", brach es unvermittelt aus mir heraus. „Der Graf ist fest entschlossen. Und nachher müssen wir uns nur wieder verabschieden. Ich kann keine Abschiede mehr ertragen."

„Brauchst du auch nicht mehr", flüsterte Anna. „Warte es nur ab ..."

Mir blieb keine Zeit für eine Erwiderung, denn der Graf und seine Männer betraten den Schankraum. Der Graf trat zu uns und verschränkte die Arme.

„Die Erklärung bitteschön", forderte er seine Frau auf.

Die Gräfin schenkte ihm ein strahlendes Lächeln und klopfte auf den freien Platz neben sich.

„Hör zu ..." Die Gräfin senkte die Stimme. „Wir haben Grund zur Annahme, dass ..."

„... dass mir das Ganze allmählich zu bunt wird", schimpfte der Graf, nahm den Hut ab und schüttelte sich den restlichen Regen aus den Haaren. „Die letzten Tage waren ein völliges

Durcheinander. Nichts für mein altes Herz." Er legte seine Hände auf die rechte Brustseite.

„Liebster, abgesehen davon, dass sich das Herz auf der linken Seite befindet, warst du derjenige, der nun wirklich am allerwenigsten mit all den aufregenden Ereignissen der letzten Tage zu tun hatte", erklärte die Gräfin unbeeindruckt.

Der Graf rollte mit den Augen. „Sprich, Frau", sagte er. „Damit wir es endlich hinter uns haben."

Anna griff nach meiner Hand.

„Also ...", begann die Gräfin. „Wie gesagt, glaube ich, dass es berechtigten Grund zur Annahme gibt, dass ..."

„... dass Gilla meine Zwillingsschwester ist", platzte Anna heraus, sprang auf und rüttelte wie wild an meinen Schultern. Ein heftiger Schmerz fuhr mir durch Kopf und Bein.

„Waaas? Aaauuu!", kreischte ich.

„Waaas?", brüllte der Graf.

„Pscht!", mahnte die Gräfin.

„Wie kommt ihr denn darauf?", zischte der Graf.

Da zog Anna die Satteltasche zu sich heran und begann mit einer Art Vorführung.

„Beweisstück eins", sagte sie und entrollte die Leinwand.

„A-aber das ist ja Mutters Portrait", stammelte der Graf entsetzt.

Anna nickte. „Großmutter Gertrud", bestätigte sie.

Dann zog sie Dix' Schatulle heraus. „Beweisstück zwei."

„Mein Kästchen", japste ich. Nicht auszudenken, wie entsetzt ich gewesen wäre, wenn ich im Waisenhaus ihren Verlust bemerkt hätte. „Beweisstück drei." Anna löste eine dünne Goldkette von ihrem Hals. Daraufhin machte sie eine kunstvolle Pause, demonstrierte Kette und Schatulle, bevor sie den winzigen Schlüsselanhänger in das Schloss meines Kästchens gleiten ließ. Mit einem feinen Klicken öffnete es sich.

„Was zum Teufel …?", japste ich. „Hat Dix das gemeint, als er sagte, ich werde wissen, wann ich es vorzeigen muss und dann ließe sich auch das Schloss öffnen?"

Anna nickt und wandte sich an den Grafen.

„Vater", sagte sie ernst. „Bitte hör mir jetzt zu …"

Und dann erzählte sie ruhig und kar, was sie alles herausgefunden hatte.

Sie berichtete, wie meine Sage über die traurige Königin, Solveigs Geschichte über den verlorenen Zwilling ähnelte. Sie beschrieb das seltsame Verhalten der Gaukler und unsere Vermutung, dass sie mich hier zurückließen, um etwas Vergangenes zu einem guten Ende zu bringen.

Sie verteidigte Agnes' jahrelange Überzeugung, dass es einen Zwilling gegeben haben musste, da sie den Schrei eines zweiten Säuglings gehört hatte.

Sie erzählte von Dix' geheimnisvoller Ansprache in der Nacht seines Verschwindens und trommelte dabei mit den Fingern auf der Holzkiste herum.

Zum Schluss hielt sie ihrem Vater das Portrait von Großmutter Gertrud vors Gesicht und sagte: „Und jetzt sieh mal genau hin! Gilla ist dir und deiner Mutter gänzlich aus dem Gesicht geschnitten!"

Als Anna geendet hatte, saß der Graf vollkommen regungslos da und Annas Mutter knetete ihre Hände. In meinem Kopf war ein Wirbelsturm. Ich war unfähig auch nur einen einzigen klaren Gedanken zu bilden. Viel zu groß war meine Angst, dass sich hinterher doch alles nur als Hirngespinst herausstellen könnte …

„Jetzt sagt doch mal was!", drängte Anna ihren Vater.

„Uff", sagte der Graf.

Anna ließ sich neben mich auf die Bank plumpsen.

Auch ich brachte kein Wort über die Lippen.

„Gilla?", flüsterte Anna unsicher.

Manches wünscht man sich so sehr, dass es ein Wunder ist, wenn es in Erfüllung geht. Und genau das passierte gerade: Mein Traum wurde wahr!

Ich saß wahrhaftig hier und ich hatte eine Schwester bekommen, sogar eine Zwillingsschwester! Wie oft hatte ich mir ausgemalt, wie außer mir vor Freude ich in einem solchen Moment geraten würde. Doch jetzt, da sich mein Wunsch tatsächlich erfüllte, war ich einfach nur am Ende meiner Kräfte.

Endlich, endlich wusste ich, wer meine echten Eltern waren.

„Oh Gott! Ohgottohgottohgottohgott!", entfuhr es mir mit einem Mal.

Da spürte ich Agnes` Blick auf mir und es kam mir fast so vor, als sei auch ihr eben erst richtig bewusstgeworden, dass ich nicht nur der gesuchte Zwilling war, sondern selbst gerade meine leiblichen Eltern kennenlernte!

„Ist das nicht schön", jubelte Anna, drückte mich stürmisch und küsste mich auf die Wangen. „Mutter, Vater, darf ich vorstellen …", begann sie. „Meine Zwillingsschwester Gilla, Comtesse von …"

„Ruhe!!!"

Die donnernde Stimme des Grafens ließ selbst die zechenden Männer im hinteren Teil der Schankstube verstummen.

Er sprang auf und stützte die Hände auf den Tisch. Dabei sah er aus wie ein angriffslustiger, gereizter Stier.

„Es reicht jetzt. Ein für alle Mal", rief er. „Was habt ihr närrischen Frauen euch da nur wieder zusammen fantasiert? Es ist haar-sträu-bend", grollte er. „Und das Schlimmste ist, ihr glaubt es auch noch! Jeder eurer jämmerlichen Beweise lässt sich doch in der Luft zerpflücken." Der Graf schüttelte heftig den Kopf. „Agnes, hör mich an, ich flehe dich an: Gilla. Ist. Nicht. Unser. Kind! Es gab nie ein zweites. Trugbilder einer Frau im Kindbett! Ich versuche das doch schon seit Jahren in deinen dickköpfigen Schädel zu bekommen. Solveig hat sich einfach geirrt, du warst nicht mit Zwillingen schwanger. Großer Gott, vermutlich bist du dem Wahnsinn näher als ich dachte. Und nun hast du auch noch deine unschuldige Tochter infiziert und zusammen ein armes, verlassenes Waisenkind in diese Katastrophe mit hineingezogen!" Der Graf legte eine Hand auf meine Schulter. „Es muss für Gilla schwer genug sein zu verkraften, dass sie nun bereits zum zweiten Mal im Leben von ihren Eltern verlassen wurde. Pfui, schämt euch, alle beide!"

Voller Abscheu spie der Graf auf den Boden.

Doch die Gräfin zeigte sich vom Ausbruch ihres Mannes gänzlich unbeeindruckt.

„Du setzt dich augenblicklich wieder hin, Carl", sagte sie seelenruhig. „Es heißt nicht, dass du intelligenter bist als wir, nur weil du ignoranter bist, mein Lieber. Und jetzt hörst du *mir* zu, Mann."

Anna sog scharf die Luft ein.

„Keine Angst, deine Eltern streiten sich bloß", flüsterte ich ihr zu.

„Deine auch", antwortete sie.

Und was dann geschah, war wirklich bühnenreif. Die zierliche Gräfin mit dem leuchtenden, rotblonden Haar erhob sich nämlich und zitierte sowohl den Wirt, als auch die Männer zu uns an den Tisch.

„Herkommen, sofort, die ganze Bande", kommandierte sie und hielt das Portrait ihrer Schwiegermutter nach oben. „Wem fällt etwas auf?", fragte sie reihum.

Die Männer traten verlegen von einem Bein aufs andere und grummelten vor sich hin. Sie wollten möglichst vermeiden, ihrem Herrn mit einer falschen Antwort in den Rücken fallen.

Doch was war die falsche Antwort?

Dass das Gauklerkind aussah wie der Graf als kleiner Junge, wenn er ein Mädchen geworden wäre, sah schließlich jeder Blinde …

Der Wirt, der von all den schicksalhaften Verstrickungen im Hause Schauburg-Weißenfels keine Ahnung hatte, räusperte sich und antwortete frei heraus.

„Mir, Hoheit. Mir fällt was auf", sagte er. „Die kleine Rotblonde is ganz die Mutter, die kleine Schwarze kommt nach dem Vater. Wenn se 'n Junge geworden wäre, säh se Ihnen bestimmt noch ähnlicher, Herr Graf, Eure Hoheit. Un die Dame aufm Bild? Kann nur die werte Frau Mutter vom durchlauchten Grafen hier sein. Ich wette sogar", er kratzte sich am Kopf. „die Großmutter mütterlicherseits is genauso ne hellrote Elfe wie die beiden Hübschen hier, wenn Ihr das Kompliment gestattet, Frau Gräfin." Der Wirt tippte sich an sein kahles Haupt und machte sich wieder hinter dem Schanktisch zu schaffen.

„Und ihr seid derselben Meinung?", fragte die Gräfin.

Murrend bestätigten die Männer die Worte des Wirts.

Bevor sie wieder an ihren Tisch zurückgingen, tippte Johann dem Grafen auf die Schulter.

„Herr, manchmal hilft leugnen nichts. Ihr macht Euch noch zum Gespött! Die Kleine sieht Euch ähnlicher als Ihr Euch selbst", raunte er.

Der Graf schüttelte zornig den Kopf. „Niemals."

Da fädelte Anna das kleine Vorhängeschloss aus der Halterung und reichte es ihm zusammen mit dem Schlüsselchen.

„Sieh es dir genau an und dann sag etwas dazu …", forderte Agnes ihn auf.

„Ja, nun." Der Graf zögerte. „In diesem Fall muss ich euch recht geben. Es ist tatsächlich exakt das Schloss, welches ich damals anfertigen ließ. Es hat hier auf der Rückseite eine kleine Kerbe …", der Graf schloss die Hand um die beiden Schmuckstücke, „… für die ich dem Goldschmied damals die Hölle heiß gemacht habe. Aber, dass der Anhänger auf verschlungenen Wegen in die Hände eines Gauklerkindes gelangt ist, heißt doch gar nichts, nicht wahr?"

Anna verdrehte die Augen und begann ihrem Vater abermals die Zusammenhänge zu erläutern.

Ich hörte gar nicht mehr zu …

Da setzte sich Falko auf meine Schulter.

„Weit, weit weg gibt es das Meer. Manchmal macht es derart stürmische Wellen, dass man meint zu ertrinken. Dann wiederum ist es so glatt, dass der Mond sich auf der Oberfläche bis zum Horizont spiegelt", wisperte er. „Und man bis zum Meeresgrund sehen kann."

„Soll ich auf den Grund sehen?", flüsterte ich.

Falko nickte. „Damit du dann wieder den Horizont erblickst."

„Danke", raunte ich und hob den Kopf. „Lasst mich sehen, was in dem Kästchen ist", sagte ich tonlos.

Ja, ich war nun bereit, den wahren Grund für mein Leben bei den Gauklern zu erfahren. Und diese Wahrheit war in Dix' Schatulle verborgen.

Ich öffnete langsam den Deckel.

In der Schatulle lag das verschwundene Kettchen. Ich reichte es dem Grafen, der es ungläubig untersuchte, um die Signatur des Goldschmieds zu finden. Als er sie entdeckt hatte, nickte er und legte für einen kurzen Moment den Kopf in den Nacken.

Aber es war noch etwas darin. Eine kleine Papierrolle, die mit einem roten Wachstropfen versiegelt war. Ich erkannte das Abzeichen des Klosters Maienfeld. Desselben Klosters, in dem auch Bruder Anselm lebte und mir Lesen und Schreiben beigebracht hatte. Meine Stimme zitterte, als ich den anderen den Zusammenhang erklärte.

Ich brauchte zwei Anläufe, um den Wachstropfen zu brechen, weil mir meine Hände einfach nicht gehorchen wollten. Ich traute meinen Augen kaum, denn es war sogar Bruder Anselm selbst, der diesen Brief geschrieben hatte. Beim Anblick seiner kleinen, gestochen scharfen Handschrift, konnte ich ihn vor mir sehen, wie er in der kühlen Bibliothek des Klosters saß, versunken in die Erschaffung seines Werkes, die Hände und sein rechter Nasenflügel mit Tinte beschmiert, weil er sich immerzu mit dem tintenbeklecksten Daumen darüber rieb.

„Entschuldigung", quetschte ich hervor, als ich die Anspannung am Tisch bemerkte und zwinkerte die aufsteigenden Tränen weg. „Ich war mit meinen Gedanken kurz woanders. Also, ich lese jetzt mal vor.“

Was ich dann auch tat.

Und damit entfachte ich einen Sturm der Gefühle, der alles Bisherige durcheinander rütteln sollte. Der Entsetzen säte, Abneigung und Bitterkeit. Der sich dann aber genauso schnell verzog, wie er aufgekommen war und uns in einer vollkommenen und reinen Klarheit hinterlassen sollte, die über jeden Zweifel erhaben war.

Denn wie ich nun erfuhr, taten Menschen die ungewöhnlichsten Dinge aus Liebe.

Manche taten die richtigen und manche die falschen.

Und von denjenigen, die das Falsche getan hatten, hatte der eine oder andere seinen Fehler erkannt und versucht, ihn wiedergutzumachen.

Und genau das war geschehen. Meine Gauklerfamilie hatte etwas wiedergutmachen wollen.

Kapitel 21
Gesund und munter

Ich bin Bruder Anselm, ehrwürdiger Mönch des Klosters Maienfeld zu Buchingen.

Wir schreiben das Jahr des Herrn 1710, es ist der 21. Tag des Monats Mai. Die Beichte nahm ich ab, mit Gottes Segen, von Dix Jacobi, seines Zeichens Gesetzloser, vormals Bauer, in diesen Zeiten Gaukler und Dieb. Wortwörtlich schreibe ich sein Sündenbekenntnis nieder.

So und nicht anders lautet es.

Dix: Im Namen des Vaters und des Sohnes und des Heiligen Geistes. Amen. Bruder Anselm, ich habe gesündigt und möchte beichten.

Bruder Anselm: Gott, der unser Herz erleuchtet, schenke dir, Dix, wahre Erkenntnis deiner Sünden und Seiner Barmherzigkeit. Amen.

Dix: Bruder Anselm, hört nun, was ich Euch zu sagen habe und schenkt mir Euer gnädiges Ohr ...

Im Jahr des Herrn 1704 am 12. Tag des Monats November, schenkte meine geliebte Frau Oda einem Kind das Leben. Zehn Jahre lang hatte sie sich nach nichts mehr gesehnt als nach einer Tochter oder einem Sohn. Ihr vermögt Euch das Glück nicht vorzustellen, das in unser Haus einzog, als der Bauch meiner Frau sich zu wölben begann. In Erwartung des Kindes blühte Oda auf, und wir verlebten die schönste Zeit unseres Lebens.

Doch je näher der Zeitpunkt der Geburt rückte, desto schwächer wurde Oda. Ihr Leib quoll auf und sie litt tagaus, tagein unter unsäglichen Kopfschmerzen. Hätte ich nicht gewusst, dass sie ein Kind erwartet, hätte ich vermutet, sie wäre vergiftet worden.

Sie wurde immer matter und verlor jeden Lebensmut. In der Stunde der Geburt geschah es, dass Oda, Gott schenke ihrer Seele Frieden, zuckte und krampfte. Schaum trat vor ihren Mund. Die Hebamme musste das Kind aus ihr herauszerren. Der Säugling war schwächlich und blass.

Als meine geliebte Frau wieder zu sich kam, hatten ihr die grausamen Krämpfe das Augenlicht geraubt. Und in der Nacht als sie schlief, starb unser Kind.

Es brach mir das Herz, ihr am Morgen diese Nachricht überbringen zu müssen. Ich konnte die Vorstellung nicht ertragen. Die Wahrheit hätte sie umgebracht. Deshalb fasste ich noch in der Nacht einen Plan.

Vergebt mir, Pater, aber der Kummer raubte mir jeglichen Verstand. Ich bedachte weder die Folgen, noch die Moral meines Tuns. Ich wollte nur meine Oda wieder so glücklich sehen wie in den Monaten zuvor. Solveig, die Hebamme des Dorfes, hatte uns kurz nach der Geburt unseres Kindes verlassen, um der Gräfin von Schauburg-Weißenfels bei ihrer Niederkunft beizustehen. Jeder in Ortenbach wusste, dass die Gräfin im Kindbett lag und kurz vor der Entbindung stand.

Kurz nach Mitternacht schlich ich im Schutze der Dunkelheit zum Schloss. Es war eine grässliche Nacht. Ein solches Unwetter hatte Ortenbach lange nicht erlebt. Die Stallungen waren von einem Blitz getroffen worden und brannten lichterloh. Ich beobachtete das Geschehen im Verborgenen.

Als ich sah, wie Solveig aus dem Schloss trat und zu den Stallungen eilte, ergriff ich meine Chance ...

An dieser Stelle schrie Agnes auf.

„Ich erinnere mich. Daran erinnere ich mich", rief sie entsetzt und sah Anna an. „Ich habe Solveig persönlich geschickt, um deinem Vater etwas auszurichten. Sie wollte eine Magd beauftragen, aber ich habe darauf bestanden, dass sie selbst geht. Oh, hätte ich doch auf Solveig gehört!"

„Was sollte sie Vater denn ausrichten, mitten in einem Unwetter, während unserer Geburt?", fragte Anna.

„Dass er gefälligst auch Sturmvogel und Windbraut vor dem Feuer in Sicherheit zu bringen hat", antwortete ihre Mutter. „Noch vor den Arbeits- und Rennpferden."

„Als ob es nicht das Erste gewesen wäre, das ich damals tat", verteidigte sich der Graf.

„Das weiß ich doch ...", seufzte seine Frau unglücklich. „Aber ich war nun mal in einem ganz besonderen Zustand. Alles hat mich besorgt ..."

Die beiden nickten mir zu und ich las weiter.

Es gelang mir, den armseligen Riegel an den Balkontüren des Geburtszimmers zu öffnen. Ich stahl mich hinein und nahm in meinem Aufruhr nur zwei Dinge wahr: Das Bett, in dem die Gräfin in tiefem Schlaf lag, und die Wiege mit dem Kind am Kachelofen. Ich nahm das Kind heraus, wickelte es in meinen Umhang und verließ unbemerkt das Zimmer. Das Neugeborene in meinen Armen lag ruhig und greinte nicht. Es war kräftig und unter seinem Mützchen lugten schwarze Härchen hervor. Es trug ein

Kettchen mit einem winzigen Schloss als Anhänger. Ich eilte so schnell ich konnte nach Hause zu Oda.

Doch als ich die Stube betrat, musste ich feststellen, dass auch Oda hingeschieden war.

Ich war untröstlich.

Was ich dann tat, bevor ich unseren Hof abermals verließ, ist meiner schier unerträglichen Schwermut geschuldet und ich weiß, dass ich große Schuld auf mich geladen habe.

Hier hatte Bruder Anselm dem Bericht einen Absatz eingefügt. Er schrieb:

Was Dix tat, bewahre ich in meinem Herzen, doch ich werde es nicht niederschreiben. Denn die Botschaft auf diesem Papier ist an das Kind gerichtet, das Dix in jener

Nacht raubte. Doch nicht alles Wissen ist dazu geeignet, von einem reinen Kinderherz Besitz zu ergreifen ...

Bei diesen Worten sah der Graf seine Gemahlin vielsagend an. Agnes nickte wissend.

„Der fürchterliche Brand auf dem Jacobi-Hof. Alle dachten, der Blitz hätte eingeschlagen ...", wisperte sie.

Ich konnte mir darauf keinen Reim machen und las weiter:

Ich ging also fort. Ich verließ meinen Hof und mein Dorf, um nie wieder zurückzukehren. Ich wollte alles hinter mir lassen, so rasch wie möglich. Die Liebe, die Trauer, das Leben. Doch ich hatte ein winziges Bündel neuen Lebens im Arm, und es wurde allmählich Zeit, dass ich mich darum kümmerte. Als ich am oberen Scheideweg von

Ortenbach angekommen war, traf ich auf eine Gruppe von Gauklern, die auf der Wolfsruh-Lichtung ihr Lager aufgeschlagen hatten.

Ich schlich mich heran und kundschaftete die Truppe aus. Was ich sah, gefiel mir. Unter einem kleinen Unterstand aus Wachstuch saßen die Mitglieder der Gauklergruppe bei einem Feuer zusammen und teilten sich ein Mahl. Ich erkannte sowohl Männer als auch Frauen. Der Anblick der Gaukler löste in mir ein unbestimmtes Gefühl aus. Ich kann es nicht beschreiben, doch mein Herz versicherte mir, dass es gute Menschen seien.

An ein dickes Pferd geschmiegt, hatte außerdem eine Ziege Schutz vor dem Unwetter gesucht. Gab man Säuglingen nicht Ziegenmilch, wenn es weder Muttermilch noch eine Amme gab?

„Burga und Griseldis", rief ich. „Die beiden Unzertrennlichen. Als Griseldis vor ein paar Monaten starb, war Burga untröstlich gewesen. Oswaldo hat ihr versprochen, so schnell wie möglich eine neue Ziege zu kaufen."

Ich wischte eine Träne aus dem Augenwinkel und las weiter. Annas Arm lag die ganze Zeit um meine Taille und gab mir Kraft.

Ich flößte dem Säugling den Rest der Nacht Regenwasser ein, indem ich ihn den nassen Zipfel meines Hemdes aussaugen ließ und hielt ihn warm. Sobald der Morgen anbrach, legte ich das kleine Bündel vor das Schlafzelt der Gauklerfrauen. Aus einem Versteck heraus versicherte ich mich, dass das Kind gefunden und angenommen wurde. Doch nicht nur ich wachte in dieser Nacht über das Kind. Eine Krähe wich ihm nicht von der Seite. Ich weiß nicht, woher sie kam, aber sie war wie ein schwarzer Schutzengel. Das ist sie bis heute.

„Schwarzer Schutzengel ...", wiederholte ich.

Im Laufe des Tages kam ich aus meinem Versteck und bat die Gaukler um Aufnahme in ihre Gruppe. Ich hatte Glück, alle waren in heller Aufregung wegen des Säuglings und so wurde meiner Bitte ohne Zögern stattgegeben. Niemand konnte ahnen, dass ich selbst es gewesen war, der ihnen das Findelkind gebracht hatte. Bestimmt mutmaßten die Gaukler mit den Jahren die Wahrheit, doch sie bewahrten stets Stillschweigen.

Man beschloss, das Kind gemeinschaftlich großzuziehen und gab ihm einen Namen. Die Truppe brach an jenem Tag ihr Lager ab und trat nicht in Ortenbach auf. Zu groß erschien ihnen die Gefahr, dass man sie des Kindsraubes verdächtigen würde. In den folgenden Monaten und Jahren blieben die Gaukler nie lange an einem

Ort und legten aus Sorge, dass jemand das Findelkind für sich beanspruchen könnte, immer große Entfernungen zwischen ihre Auftrittsorte. Dies kam mir sehr gelegen, denn auch ich fürchtete ständig, entdeckt und für meine schrecklichen Taten bestraft zu werden.

Unterdessen wuchs das Kind bei den Gauklern glücklich heran. Ich überzeugte mich jeden Tag von der Gesundheit des Kindes, das die Stelle meines eigenen hätte einnehmen sollen. Ich tat alles, um es zu beschützen, denn ich liebte dieses Kind, als wäre es mein eigenes Fleisch und Blut.

Ja, dieses Kind ist Gilla.

Die Gräfin und Anna schluchzten und der Graf nahm seine Frau in die Arme. Im Schankraum war es mucksmäuschenstill geworden.

Ich weiß, dass ich eines Tages dafür sorgen werde, dass Gilla zu ihren leiblichen Eltern zurückkehrt. Wenn der richtige Zeitpunkt gekommen ist, das schwöre ich, werde ich dafür sorgen, dass die Gaukler Gilla gehen lassen. Doch Gilla muss keine Angst haben, ich werde so lange bei ihr bleiben, bis sich mein Vermächtnis erfüllen konnte, auch wenn Gilla von meiner Gegenwart nichts bemerken wird.

Die Decke, die im Wald über mir ausgebreitet worden war - könnte das Dix gewesen sein?
Atemlos las ich weiter ...

Die folgenden Worte möchte ich direkt an Gilla richten:
Wenn du mein Geständnis liest, Gilla, ist dieser Schritt bereits getan: Die Gaukler sind weitergezogen und wissen dich in den Händen deiner Eltern.

Meine Beichte soll dir helfen zu verstehen, warum wir dir das angetan haben. Ich hoffe, du begreifst, dass wir dich nicht in unseren Plan einweihen konnten, weil du niemals deine geliebte Gauklerfamilie aufgegeben hättest. Zu deinem Wohle haben wir dir die Entscheidung abgenommen – irgendwann wirst du es verstehen können.

Ich bitte dich jeden Tag meines Lebens im Stillen um Verzeihung und ich werde es jeden weiteren Tag tun, bis an mein Lebensende.

Vergib den Gauklern, dass sie spurlos aus deinem Leben verschwunden sind, und danke ihnen aus tiefstem Herzen, dass sie es über sich gebracht haben, dich frei zu geben.

Vertrau darauf, dass du Spuren in ihrem Leben und in ihrem Herzen hinterlassen hast. Wir werden dich nie vergessen.

Ich wage es kaum, doch ich bitte dich trotzdem: Vergib mir, Gilla, dass ich dich geraubt habe.

Heute, am Tag meiner Beichte, zählst du gerade einmal fünf Jahre und wirst von Bruder Anselm in der Kunst des Lesens und des Schreibens unterrichtet. Schon jetzt bist du ein starker, mutiger und aufrichtiger kleiner Mensch.

Ich vertraue darauf, Gilla, dass du glücklich wirst. Tu du es auch.

Diese und alle meine Sünden tun mir von Herzen leid.

Hier endete Dix' Sündenbekenntnis und Bruder Anselm hatte den üblichen Beichtschluss in Latein daruntergesetzt.

Doch unten auf der Seite entdeckte ich noch einen Zusatz, den Bruder Anselm später eingefügt haben musste, denn er war mit einer anderen Tinte geschrieben:

Liebe Gilla,

dein Name kommt aus der hebräischen Sprache, welche die Sprache der Heiligen Bibel ist, wie du ja weißt.

,GILLA' bedeutet Freude und Glück.

Möge Gott, der Herr, dir beides reichlich bescheren.

Dahinter hatte er sich selbst, mich und Falko gezeichnet, wie wir ihm beim Schreiben zusahen.

Kapitel 22
Der Klang meines Namens

Ich ließ das Pergament sinken und konnte einfach nichts sagen. Als die Stille zu lang dauerte, setzte sich der Wirt in Bewegung und servierte den Männern die nächste Runde. Der Geräuschpegel schwoll wieder an und der Graf ergriff das Wort.

„Großer Gott", murmelte er und Anna flüsterte ihrer Mutter etwas zu.

„Johann, hol Gillas Holztrage aus der Kutsche", rief sie daraufhin und Johann brachte sie an unseren Tisch.

„Darf ich", fragte Anna und ich nickte einfach nur.

Anna fischte aus den Tiefen meiner Kiepe das Bündel mit der Säuglingskleidung heraus und breitete die kleinen Teile auf dem Tisch aus.

Anschließend holte sie aus Windbrauts Sattelta-sche ein weiteres Säuglings-Jäckchen hervor.

Langsam stülpte sie es auf links.

„So", sagte sie zufrieden. „Noch ein Beweisstück. Dieses Leibchen hat die Mamsell zu meiner Geburt gestrickt, so wie all die anderen Kleidungsstücke auch. Doch jene hier", sie deutete auf die Sachen aus meiner Trage, „hatte Gilla an, als sie von den Gauklern gefunden wurde. Madame LaBouff hat sie ihr als Erinnerung hinterlassen. Und jetzt kommt's: Alle Dinge, die die Mamsell strickt, haben auf der Innenseite das Monogramm der Grafschaft. Seht her." Anna deutete auf mehrere, mit dunklem Garn gestickte Buchstaben an der Seitennaht. „SWO. Schauburg-Weißenfels zu Ortenbach. Und nun lasst uns Gillas Sachen untersuchen."

Sie drehte meine Stücke nach innen und fand ebenfalls in jedem das gestickte Monogramm der Grafschaft.

Annas Vater hielt den Kopf gesenkt. Es sah ganz so aus, als ob er mit einer Entscheidung ringen würde. Nach einer Weile erhob er sich, zog seine Frau neben sich und trat zu mir.

Und wie die beiden dort Seite an Seite standen und auf mich herabschauten, fühlte ich mich mit einem Mal seltsam unbeteiligt. Was konnte mir schon passieren? Das Schicksal schien mit meinem Leben seit Tagen ein Würfelspiel zu veranstalten und ich beschloss, mich einfach davon überraschen zu lassen, wie sie jetzt wohl fallen würden.

„Ja, nun …", brachte der Graf hervor. „Gilla … Kind", stotterte er. „Also Gilla, ich … tja …".

Ich mochte den Klang meines Namens, wenn der Graf ihn aussprach. Und ich mochte die Bedeutung meines Namens. Freude, Glück. In Gedanken klammerte ich mich an diese beiden Worte, als könnten sie mir Kraft geben für das, was jetzt kommen sollte. Konnte der Graf nicht endlich ausspucken, dass er nicht vorhatte, Annas Beweisen zu glauben und er an seinem Plan festhalten wolle?

„Wie es nun scheint …", begann er umständlich. „Entgegen aller Logik … völlig überraschend … unglaublicher Weise … nehme ich erstaunt zur Kenntnis …", der Graf zögerte. „Also, es hat sich wohl bewahrheitet, dass du, gewissermaßen, das verlorene Kind der Gräfin, nun, unser Kind bist."

Die Gräfin schwankte leicht und der Graf zog sie enger an sich. Ich war mir nicht sicher, ob ich glauben sollte, was ich gehört hatte. In meinen Ohren rauschte es.

„Ich muss sagen", fuhr er fort, „das kommt ein wenig … nun, überraschend, ich sagte es ja bereits, obwohl der Gedanke ja nicht der Neueste ist. Gewissermaßen konnte ich mich all die Jahre, sozusagen schon im Vorhinein, damit anfreunden. Obwohl ich natürlich niemals damit gerechnet hätte, dass der Fall tatsächlich eintreten würde. Ja, also, nun ist es wohl doch geschehen und wenn ich es recht bedenke, gefällt mir sogar, was sich nun ergeben hat!"

„Vater!", jubelte Anna, doch der Graf bedeutete ihr zu schweigen und ergriff meine Hand.

„Ich will ehrlich zu dir sein, Gilla. Ich mochte dich, seit ich dich das erste Mal gesehen habe, oben auf der Bühne bei deinem Auftritt mit Falko."

Als Falko seinen Namen hörte, krächzte er bestätigend.

„Als du uns zuriefst ‚Für die Tochter des Grafen', hatte ich das erste Mal das Gefühl, mich selbst zu sehen … Ja, es war mir, als blickte ich in einen

Spiegel! Du warst so mutig und glücklich, so begeistert und frei! In diesem Augenblick habe ich dich sehr bewundert. Und ich tue es auch jetzt noch. Die Gaukler haben aus dir einen warmherzigen Menschen gemacht. Du strahlst eine große innere Stärke aus, wie alle aus deiner Truppe." Er sah mir tief in die Augen. „Deswegen, Gilla, will und kann ich dich zu nichts zwingen. Wir sind schließlich vollkommen Fremde für dich. Du sollst wissen, dass du dich aus freien Stücken entscheiden kannst ..." Der Graf dachte kurz nach und fuhr fort. „Wenn du es wünschst, werden wir versuchen, die Gaukler wieder aufzutreiben, damit du weiterhin bei deiner Familie leben kannst. Auch Dix, der Dieb, wird nichts von uns zu befürchten haben. Gott, der Allmächtige, hat ihm vergeben, es ist nicht mehr an uns, über ihn zu richten. Auf der anderen Seite ..." Der Blick des Grafen ruhte auf seiner Frau und Anna, „... würden Agnes, Anna und ich alles dafür tun, dass du bei uns ein neues Zuhause finden kannst. Es wird seine Zeit brauchen, als Familie zusammenzuwachsen. Doch ich bin überaus bereit, es zu versuchen. Frau, was sagst du?", fügte er hinzu.

„Ja! Aber ja!" Agnes liefen die Tränen über die Wangen. „In meinem Herzen war schon immer Platz für zwei Kinder. Nach all den Jahren der verzweifelten Hoffnung soll unsere verloren geglaubte Tochter diesen Platz nun endlich einnehmen."

„Gilla Gauklerkind …", sagte der Graf mit weicher Stimme. Er klang ergriffen.

Das ist mein Vater …!, dachte ich. Mein Vater.

„Hick", machte Anna.

Wie üblich hatte sie vor Aufregung Schluckauf bekommen.

Der Graf runzelte kurz irritiert die Stirn.

„Gilla Gauklerkind, ich möchte dich hiermit fragen, ob du bei uns bleiben möchtest?"

„Hick", machte Anna wieder.

Weißt du noch?

Ich erzählte, dass Dix mir nie etwas aus Spaß stibitzte, um es am nächsten Tag wieder zurückzugeben, wie er es bei den anderen gewöhnlich tat. Doch genau in diesem Augenblick wurde mir klar, dass auch er mir etwas gestohlen hatte: Meine Kindheit als Comtesse, mit einer Schwester, einem Vater und einer Maman.

Und in diesem Augenblick hatte ich sie von ihm zurückbekommen!

,Wirst schon sehen', kam mir die Prophezeiung des Waldhorchs in den Kopf.

Ja, jetzt sah ich wirklich ganz klar.

Und deshalb legte ich statt einer Antwort meinen Kopf auf die Arme und weinte. Meine Mutter, Mutter, Muttermuttermutter hielt mich fest und ließ mich schluchzen. Ich weinte so lang, bis sich mein Herz leichter anfühlte und mein Kopf in einer wohltuenden Nebelwolke steckte.

Ich weinte vor Freude, endlich meine echte Familie gefunden zu haben.

Ich weinte vor Herzweh, dass ich dafür meine Gauklerfamilie hatte aufgeben müssen.

Ich weinte vor Dankbarkeit, dass sie mich hatten gehen lassen, und ich weinte vor Kummer, dass sie mich hatten gehen lassen.

Ich weinte, weil ich nichts und gleichzeitig alles begriff, und ich weinte, weil sich alles zum Guten wenden würde.

Und langsam, ganz langsam ging es mir besser. Nach einer Weile erbarmte sich Falko des ungeduldig auf den Fersen auf und ab wippenden Grafen und krächzte dumpf:

„Wenn sie keine Kleider anziehen muss, sondern Hosen tragen darf, heißt das wohl so viel wie Ja!"

Da brach in der Wirtsstube ein so ohrenbetäubender Jubel aus, der wie ein erfrischender Sommerregen auf mich niederfiel, meine Zweifel wegwusch und nichts als eine wohlige Gänsehaut hinterließ.

Mit jeder Faser meines Körpers spürte ich eine unbändige Lust auf mein neues Leben – auch wenn ich im Herzen immer Gilla Gauklerkind bleiben würde!

ENDE.

Ende? Nein, Anfang!

Wie es weiterging:

Es war kein Ende.
Es war
ein Anfang!

So geschickt sich Anna mit dem Reiten anstellte, so schusselig war sie beim Jonglieren. Nach einem Jahr konnte sie immer noch nicht drei Eier gleichzeitig in der Luft halten. Das hatte sie wohl vom Grafen geerbt: Meinem Vater fielen die Eier so oft runter, dass er sich zum Üben schon immer auf den Boden setzte, nur um sich nicht andauernd bücken zu müssen.

Meine Mutter überraschte uns vor Kurzem damit, dass sie eine Runde auf Sturmvogel über den Schlosshof trabte. Daran findest du nichts bemerkenswert? Dann hast du wohl übersehen, dass sie dabei auf seinem Rücken stand und Jolandas Schal hinter sich her flattern ließ!

Und Falko? Hatte nun auch eine eigene Familie und brachte seinen Vogeljungen das Fliegen bei. Und das Sprechen. Aber anscheinend hatte er diese Fähigkeit nicht vererbt. Er war eben doch eine einzigartige, besondere Wunderkrähe.

Blieb noch ich. Ich mag es kaum zugeben, doch Lothair wäre bestimmt stolz gewesen: Ab und an trug ich sogar niedliche Kleidchen und kam mir in dieser Verkleidung vor wie Annas Zwillingsschwester. Sie hörte nicht auf, sich darüber zu freuen, dass ich das ja schließlich auch war.

Ehrlich, meine neue Familie behandelte mich wie eines ihrer kostbaren Orangenbäumchen. Sie hegten und pflegten mich und gossen mich jeden Tag mit Glück und Liebe. Nur manchmal ertappte ich mich dabei, wie ich mir Falko auf die Schulter

setzte und von der Schlossmauer aus auf die Weinberge starrte, als erwartete ich, dass die Gaukler gleich den Pfad hinunterkämen. Ja, ich würde mich wohl nie an den Gedanken gewöhnen, nie wieder etwas von ihnen zu hören.

Doch stell dir vor, was eines Tages geschah …
Ein Wandermönch begehrte Einlass und ließ mir ein Schriftstück überreichen.
Ich erkannte das Siegel des Klosters

Maienfeld sofort und mein Herz begann zu rasen. Mein Freund Bruder Anselm hatte mir geschrieben! Eine Reise und wohl auch das Schicksal hatten ihn in eine Stadt geführt, wo er meine Familie angetroffen hatte. So wurde ihm der Ausgang der Geschichte berichtet.

Doch Bruder Anselm hatte auch Neuigkeiten, Gauklerneuigkeiten:

Madame LaBouff hatte ihr Flaschenorakel aufgegeben und las die Zukunft nun aus einer Glaskugel und den Linien in der Handfläche.

Der Große Oswaldo hatte sein Versprechen wahrgemacht und Burga eine neue Ziegen-Gefährtin gekauft.

Jolanda ließ Grimbert immer noch zappeln, aber sie arbeiteten zusammen an einer neuen Nummer, bei der es darum ging, dass Jolanda in einer Kiste lag und Grimbert sie scheinbar in zwei Teile sägte.

Lothair trat weiterhin als Madame Schischi auf und hatte zusätzlich die Küche übernommen.

Außerdem hatte er angefangen, Figuren aus gesponnenem Zucker herzustellen, die so zart und köstlich waren, dass er mit dem Verkaufen kaum hinterherkam.

Oh, und wie freute ich mich zu lesen, dass Dix, der Dieb, auch wieder dabei war. Seine Kunst führte er jetzt auf der Bühne vor, indem er einen Freiwilligen vor aller Augen bestahl. Als krönenden Abschluss zauberte Dix dem Zuschauer entweder Gack oder Gock aus dem Hut.

Doch das schönste waren die persönlichen Worte, die mir Bruder Anselm im Namen der Gaukler ausrichtete:

Liebe Gilla,

es vergeht kein Tag, an dem wir dich nicht

schmerzlich vermissen.

Jeder unserer Gedanken ist reich an zauberhaf-
ter Gauklermagie. Mögen dich unsere Wünsche
erreichen und stärken.

Wir haben die neue Ziege ,Maman' genannt,
weil Jolanda und Madame LaBouff es kaum aushalten konnten, dieses wundervolle Wort nicht
mehr zu hören.

Gib gut auf dich acht, denn wir wünschen uns
nichts mehr, als dich eines Tages wiederzusehen.
Es liebt dich,
deine Gauklerfamilie.

Und endlich, endlich war mir wieder leicht ums
Herz!

Ende

Andrea Schütze
ZEITSCHWESTERN
ab 8 Jahren

Hardcover
238 Seiten
ISBN 9798778273696

Taschenbuch
245 Seiten
ISBN 9783347521537

Spannendes Zeitreiseabenteuer mit vielen Fotos, Illustrationen und einem Fragebogen zum Selbstausfüllen.

Charlie und Carlotta - zwei Mädchen, zwei Welten, zwei Jahrhunderte ...
Hast auch du eine Zeitschwester?

Charlie und Carlotta sehen im selben Haus auf die Turmuhr vor ihrem Zimmerfenster – nur über hundert Jahre auseinander. Plötzlich fällt Charlie ins Jahr 1900 zurück und steckt mitten im verrücktesten Abenteuer ihres Lebens. Doch als sie sterbenskrank wird, beginnt ein dramatischer Wettlauf gegen die Zeit: Gelingt es Carlotta, ihre Zeitschwester zu retten? Aber wie gelangt Charlie überhaupt nach Hause zurück?
Und welches Geheimnis verbirgt ihre Familie?